53ª edição

Mirna Pinsky

ENTRE LINHAS COTIDIANO

Nó na garganta

Ilustrações: Andréa Ramos

Atua Edit

CB025983

Série Entre Linhas

Editor • Henrique Félix
Assistente editorial • Jacqueline F. de Barros
Preparação de texto • Lúcia Leal Ferreira
Revisão de texto • Pedro Cunha Júnior (coord.)/ Célia Regina do N. Camargo
  Renato A. Colombo Jr./ Edilene Martins dos Santos

Gerente de arte • Nair de Medeiros Barbosa
Coordenação de arte • Marco Aurélio Sismotto
Diagramação • MZolezi
Projeto gráfico de capa e miolo • Homem de Melo & Troia Design
Produção gráfica • Rogério Strelciuc
Impressão e acabamento • Forma Certa Gráfica Digital

Suplemento de leitura e Projeto de trabalho interdisciplinar • Maria Aparecida S. Pereira
Consultoria editorial • Vivina de Assis Viana

Dados Internacionais de Catalogação na Publicação (CIP)

Pinsky, Mirna
   Nó na garganta / Mirna Pinsky ; ilustrações
Andréa Ramos. – 53. ed. – São Paulo : Atual, 2009 –
(Entre Linhas: Cotidiano)

   Inclui roteiro de leitura.
   ISBN 978-85-357-1010-6

   1. Literatura infantojuvenil I. Ramos, Andréa.
II. Título. III. Série.

                         CDD-028.5

Índices para catálogo sistemático:
1. Literatura infantil 028.5
2. Literatura infantojuvenil 028.5

20ª tiragem, 2024

Copyright © Mirna Pinsky, 1979.

SARAIVA Educação S.A.
Avenida das Nações Unidas, 7221 – Pinheiros
CEP 05425-902 – São Paulo – SP – Tel.: (0xx11) 4003-3061

www.coletivoleitor.com.br
atendimento@aticascipione.com.br

Todos os direitos reservados.

CL: 810336
CAE: 575977
Código da OP: 248846

Sumário

A viagem 5

O despertar 11

A escola 13

A ameaça 17

O boi 19

A gaiola 21

Na praia 23

O banho 29

O almoço 32

O arrastão 35

O esconderijo 38

O espião 44

A bronca 46

O encontro 51

A cabana 56

A cisma 58

Na mata 60

O presente 68

A festa 73

A autora 84

Entrevista 86

A viagem

Parecia que não iam chegar nunca. Já estava com a bunda doída de tanto ficar sentada naquele carro que sacolejava feito liquidificador. Não podia se estender melhor porque, de um lado, estava a mãe, com aquela cara meio brava que ela tinha para impor respeito, e, de outro, o pacote de biscoitos que dona Esmeralda havia dado para a viagem. Primeiro, brincou de contar os bois que via através da janela. Gozado que ficavam todos juntos, virados pro mesmo lado, como se tivessem ouvido um barulho estranho e ficassem curiosos pra saber o que é que vinha. Depois contou as casas de cupim – pequenos montinhos de terra que se espalhavam pelas margens da estrada e se perdiam de vista. Aí encheu. Deu vontade de dormir. Encostou a cabeça no banco e ouviu a mãe dizer:

– Tânia, não dorme não, que agora a gente desce pra fazer xixi.

Desceram num posto que tinha restaurante no fundo. Enquanto seu Joaquim, o motorista, punha gasolina no Volks, Tânia entrava com os pais no restaurante. De um lado, um enorme balcão de queijos, com uma cara tão gostosa que só de olhar Tânia sentiu o gosto deles, principalmente do branco, que parecia derreter dentro da fôrma. Sabia que a chance de comer daquele queijo era remota.

— Tânia, vem arrumar a maria-chiquinha no banheiro. Lá tem espelho.

Mania que a mãe tinha de puxar e puxar o cabelo, depois enfiar dois elásticos e botar um laço vermelho por cima. Se ela tinha cabelo "ruim", como a mãe dizia, melhor era deixar solto feito a moça na televisão.

No banheiro sujo, Tânia vê a mãe arrumando o cabelo em frente ao espelho. Também a mãe ficaria mais bonita se não insistisse em ficar alisando o cabelo para trás.

Encostado no balcão, seu Joaquim conversa com a moça dos queijos. Seu Joaquim é motorista de dona Matilde, agora também patroa dos pais de Tânia. Ele vai levando a família para o litoral, onde o casal cuidará da casa de veraneio de dona Matilde. Tânia retoma o namoro ao seu lado. Não está nem lembrando quanto tempo faz que comeu um queijo macio feito aquele. Assinzinho, bem assim, não comeu nunca. Joaquim se comove:

— Dê um pedaço pra menina — diz pra moça do balcão. — Põe na minha conta.

A aguinha do queijo escorre boca abaixo. O queijo branco é melhor ainda do que Tânia tinha imaginado.

Pronto, de volta ao carro, outra dose de estrada. Agora começam as curvas e dá aquele mal-estar no estômago. Procura se ajeitar, mas é o ouvido que entope e seu Joaquim aconselha: engole saliva, engole, assim destapa. Mas não destapa nada. Seu Joaquim encontra uma bala de mel no bolso e estende pra ela. Devidamente desentupida, Tânia se prepara para o grande momento que os pais e seu Joaquim estão anunciando desde São Paulo: o mar!

É numa curva que, de repente, ele aparece. Tem uma cidade lá embaixo que termina numa espécie de grande lago. Lago, Tânia já tinha visto, mas mar, só na televisão da dona Sônia. Não sabia que mar tinha cara de lago. Fica decepcionada:

— Ué, o mar é só isso?

— Só isso o quê? — responde o pai, que há mais de onze anos não descia até o litoral. A última vez fora antes de a filha nascer. Ele e dona Cida, recém-chegados da Bahia, tinham pegado um ônibus na Rodoviária e descido a serra até Santos para tomar um banho de mar. Seu José sempre se emociona quando fala do mar. Ele nasceu na praia e viveu da pesca até os quinze anos. Mesmo de longe assim, o mar emociona, faz lembrar coisas, a meninice, os pais, mortos há tanto tempo, a casinha em frente ao mar, a pesca fácil. Um tipo de vida que ficou enterrado no tempo, junto com a casinha que foi comprada por um moço da cidade, junto com a rede e a vara que perderam a serventia quando uma grande companhia de pesca se instalou na região.

— Tânia, você vai ver quando chegar perto. Não tem coisa melhor que a água do mar molhando a pele da gente, deixando o cheiro de sal no corpo.

Tânia nunca ouvira o pai falar tanto, nem tão animado. Tem do pai uma imagem de pessoa triste e quieta. Sempre saindo de manhãzinha, antes de ela se levantar, e voltando depois de ser mandada pra cama. Entrando curvado, sujo, com cheiro forte e uma magreza que ela não viu igual. Não fala, se joga numa cadeira e espera a mulher colocar um prato com qualquer grude na sua frente. É assim que Tânia vê o pai.

Descem a serra em marcha reduzida. O dia está lindo. Caraguatatuba brilha ao sol. Quando passam pela cidade, Tânia quer chegar até a areia, mas a praia fica a uns quinhentos metros da estrada, e a viagem ainda tem chão. Contornam montanhas e o mar volta a aparecer. Agora tem muita árvore e muita casa ao lado da praia, e a beleza do cenário ecoa dentro de seu José. É claro que desta vez vai dar certo. Seu José até já se esqueceu do barraco de tábua cheio de goteiras e com cheiro de mofo na marginal do rio Pinheiros, onde viveram os últimos três anos. Apagou da sua cabeça a lembrança das dez horas de trabalho como pedreiro e as outras duas pendurado num ônibus apinhado. O mar é um descanso. É certo que ele não vai passar os dias na praia, pescando seus badejos, suas garoupas, seus bagres. Mas o mar estará por perto. E isso é que importa.

Atravessam São Sebastião e seguem em direção a Bertioga. O carro parece que está cansado, sacoleja mais. O sol está se pondo na água e dona Cida pensa, com uma pontada de medo, que vai chegar à noite numa casa estranha, uma casa que não é bem dela, num lugarejo onde não conhece ninguém nem sabe como é. Pensa que talvez devessem ter ficado em São Paulo mesmo. Afinal, lá tinham amigos, já conhecia as manias das patroas que lhe confiavam as trouxas de roupa para lavar. Já tinha se acostumado com a miséria do bairro onde moravam. Morar na casa da patroa, cuidar das coisas dos outros, será que ia dar certo?

— Mãe, eu não tou vendo o Genival.

Tânia tira a mãe da cisma:

— Que Genival?

— O Genival, meu cavalinho de pau! Onde é que tá? Você não trouxe?

— E eu ia trazer uma tranqueira daquelas? Mal couberam as panelas e a mala da gente! — Cida está irritada porque a menina atrapalhou seus pensamentos antes que ela respondesse às perguntas que fizera a si própria: daria ou não daria certo?

— Mas eu quero o meu cavalinho! — e Tânia abre um berreiro.

— Cala a boca, menina! Não vê que você atrapalha o seu Joaquim? — diz dona Cida quase gritando.

— Aposto que você deu o Genival pra chata da Valéria!

— Acertou. A coitada da menina pediu tanto e eu ia deixar lá mesmo!

Não dá pra suportar tanta desgraça; o Genival perdido e — pior de tudo — perdido praquela bocó que só sabia invejar as brincadeiras dela com o Válter e o Genival. Agora a Valéria iria conhecer os segredos dos dois, o caminho até o castelo, pra onde Genival levava eles, lá onde eles jogavam bola quando o Genival pastava e o dragão dormia.

— Eu quero o Genivaaal! Eu quero o Genivaaal! — Tânia chora e soluça. Seu Joaquim olha pra ela pelo espelho retrovisor e o pai se vira, procurando acalmá-la:

— Olha, não fui eu quem fez o Genival? Eu faço outro. Igualzinho.

— Não tem outro igualzinho. O Genival sabe até pular corda.

Seu Joaquim vai ajudar seu José:

— Ele faz outro Genival que saiba pular corda.

— E como é que vai ter dois Genivais?

— Daí você dá outro nome, ué. Que tal Virgulino?

— Não gosto!

— E Marcolino?

— Porcaria de nome.

— Bom, então teu pai faz um cavalo sem nome e depois você olha pra cara dele e escolhe um nome que combine.

Tânia acha a ideia razoável. Mesmo porque estão chegando na nova casa e nem dá tempo para discutir mais.

Começa o vaivém entre a casa e o carro. Uma casa de quatro cômodos — quarto, sala, cozinha e banheiro — que já tem fogão e uma prateleira descascando. Do teto pende uma lâmpada fraca, que deixa a sala com ar mortiço.

— Bonita essa casa, hein, mãe! Olha só! Tem telha, é todinha de tijolo, olha só a porta, mãe, tem fechadura com chave e tudo! — e Tânia cruza os cômodos de um lado para outro, procurando se acostumar com o novo ambiente.

— Mãe, olha, tem o Jesus ali! — e aponta um quadro envidraçado do Cristo, que tem uma auréola ao redor da cabeça e um coração vermelho sangrando. — Olha, é um Jesus sangrento, mãe! — e corre até o banheiro, onde tem chuveiro elétrico, privada e pia. Volta pra sala assombrada e diz pra mãe, que está colocando as panelas num canto: — Mãe, acho que a gente vai poder tomar banho quente! Juro, mãe, eu acho que é um chuveiro de verdade, feito aquele que vi na televisão!

As coisas vão sendo amontoadas atrás da porta. Panelas, uma mala grande, alguns mantimentos, uma folhagem plantada em lata de Nescau, dois banquinhos e um quadro de Nossa Senhora com um bebê no colo, que seu José pendura ao lado do que já estava lá.

Antes que a mãe tenha ideia de mandar ela arrumar a roupa no armário, Tânia escorrega porta afora e vai conhecer o mar.

Não dá pra ver grande coisa. É aquela areinha gostosa onde o pé afunda e depois a água geladinha, batendo no calcanhar. A Lua ainda não surgiu, mas o céu está cheio de estrelas. Tânia sente o cheiro salgado do mar, o fresquinho da noite e volta pra sua casinha nova, seu colchão no chão, feliz da vida, qualquer coisa cantando dentro dela.

O despertar

Não deu ainda seis horas e Pedrinho já está no tanque lavando o rosto, tirando a remela do canto do olho. Vai dar bom tempo. O céu ainda está acinzentado, mas dá pra ver que não tem nuvem alguma. Logo, logo, o sol pula por detrás da montanha e o pai acorda resmungando que perdeu a hora.

Pedrinho rodeia a casa e apanha a bola. Com os pés descalços vai controlando a bola até a entrada da casa onde sua irmãzinha brinca com barro. Hoje, se o dia continuar assim, ele apanha a linhada do pai e vai tentar pegar uns carapicus pros lados das pedras.

A casa é de madeira trançada e barro. O sol, penetrando pelas frestas, vai acordando um a um. Zezinho levanta de mau humor e vai pro balcão da vendinha servir uma pinga pro seu Nico. Joana põe a água pro café. A mãe já está no tanque passando sabão nos lençóis.

Pedrinho nasceu no bairro de Santana e, assim como seus irmãos, quase não sai dali. A cidade de São Sebastião ele só conhece de ter ido pro Pronto-Socorro quando caiu da figueira e quebrou o braço. Talvez seja por isso que a cidade não o deixa tão fascinado. Ou talvez seja porque ir à cidade significa tomar banho, pentear o cabelo, botar sapato que aperta o dedão. Roupa é uma coisa que incomoda muito. Um *short* e de vez em quando uma havaiana é tudo o que o corpo de Pedrinho consegue suportar. Ele não precisa, como os veranistas, besuntar o corpo com produtos contra mosquitos ou colocar camisa pra se defender do sol. A pele curtida espanta os borrachudos pra longe. Por isso é tão fácil, pra ele, entrar na mata tão cedo, pela manhã, antes de esquentar a boca com o café, pra lá de ruim, que a Joana acabou de fazer – ah! Joana não aprende!

Virando a curva da estradinha de barro, percebe que o pai lembrou dele. O grito é zangado:

– Pedrinho, anda, desencarna, menino!

Mas ele, que já previa isso, sai na disparada e some mata adentro. Agora, só depois da aula, pai.

A escola

A escola é em frente, basta atravessar a rua. Mas, antes de ir pra lá, ela faz o que se acostumou a fazer todas as manhãs. Dá uma volta no jardim enorme e bem-cuidado de dona Matilde. Já encontra o pai agachado, catando matinho. A casa de dona Matilde fica no outro extremo do jardim. É branca, com janelas azuis, e tem uma varanda rodeando toda a casa. Ao longo do muro dos fundos, há uma porção de árvores frutíferas, e são tantas que parece uma floresta. Tânia desconfia que lá tenha macacos e leões, mas, como o pai ainda não fez o outro Genival e ela não arrumou nenhum Válter pra brincar junto, deixa pra desbravar a mata em outra ocasião. Limita-se a olhar a floresta ao lado do pai, que nem deu por ela.

Aí ela se cansa e sai pra rua. O lugarejo não tem mais de trinta casas. Metade de veranistas, metade de caiçaras.

Segue pela ruazinha de terra, sinuosa, que dá para os fundos das casas que têm frente para o mar. A rua acaba num emaranhado de árvores bem cerrado. Penetrando entre as árvores por uma trilha disfarçada, Tânia chega a um rio de águas muito limpas. O rio vem de uma imensa cachoeira, quinhentos metros acima, e deságua no mar. Da cachoeira até o mar, o rio forma lagos e corredeiras. É fundo em alguns trechos, em outros não chegando a meio metro. Foi a melhor descoberta que Tânia fez no novo lugarejo para onde se mudaram. Ainda não se aventurou a subir o rio pelas margens, porque tem medo de ir sozinha. Mas já fez muitos planos. Um dia ela vai vir com um amigo feito o Válter, que ela vai arrumar, e vai construir uma cabaninha de sapé e barro. E vão caçar macacos. Vão viver nas árvores. Vão criar curiós e galinhas. Vão balançar nos cipós feito Tarzã.

Molha os pés na água fria. Atravessa o rio em cima das pedras. Nisso leva um susto com um lagarto que toma sol sobre uma rocha e, ao senti-la, sai correndo entre as árvores volteando o rabo. – Que jacarezão! – diz Tânia, alto. E volta correndo pela trilhazinha, alcançando logo o final da rua.

Dona Jurema, curvada e enrugada, regando plantinhas na sacada, manda-lhe um sorriso sem dentes e pergunta pela mãe. As casas dos veranistas estão fechadas. Menos uma, branquinha, no final da praia. Tem uma menina brincando num balanço feito de pneu, que pende do chapéu-de-sol.

A menina deve ter a sua idade. As duas se olham. Tânia espera ser convidada para brincar junto, mas disfarça, passando a mão no laço e olhando para o mar. A menina mostra que está se divertindo enormemente, lançando o balanço mais para cima. Daí sai uma mulher loira de dentro da casa e chama Juliana para tomar café.

Tânia volta correndo. Come um pedaço de pão amanhecido com café e chega atrasada na escola. A Marisa e o Antônio, que têm doze anos e cursam o quarto ano, já estão sentados nas primeiras carteiras. Atrás deles estão o Zezinho, o Luís e o Sérgio, que estão no terceiro ano, apesar de terem treze anos. O Pedrinho, com onze, era o caçula até Tânia entrar. Ele está no segundo ano. Tânia, com dez, começou há um mês. Eram doze alunos no ano anterior e vinte, dois anos antes. Mas foram saindo. Não que tivessem repetido. É que, aos poucos, uma a uma, as famílias foram se mudando do lugarejo. Os alunos que vêm de outras praias ainda não chegaram. E dona Vera, a professora, corrige cadernos na sua mesa.

— Tânia, traga seu caderno aqui — pede a professora.

Tânia gosta de chegar perto da professora, porque ela sempre parece que está saindo do banho, cheira bem.

— Hummm, olha, minha filha, o "a" a gente faz assim. Tem que fechar a bolinha e depois é que põe a perninha. A perninha é pra baixo. Senão fica "o". Vá à lousa. Agora escreva uma palavra que comece por "A".

"A" de "Avião". Nunca viu um avião de perto, só voando no céu. Avião é uma coisa pequenininha que passeia pelas nuvens com gente na barriga. Tânia desenha um avião na lousa. A professora, de costas, corrige os cadernos. Tânia desenha uma casa com árvores. Depois coloca as pessoas dentro da barriga do avião. O avião tem janelas e pelas janelas as crianças podem enxergar os bois pastando na montanha. Tânia desenha cinco bois, todos voltados pro mesmo lado. Dona Vera se volta:

— Ué! Isso aí é o "A" que eu mandei?

— Oh, tá cheio de "A", dona Vera! Tem um no avião, outro na asa, outro no boi.

Dona Vera, que anda apaixonada e feliz, não consegue bronquear com a menina:

— E onde é que fica esse "A" do boi, Tânia?

— Na "Arelha" dele, dona Vera.

Quem estava prestando atenção cai na gargalhada. Tânia fica um pimentão. Quase tudo quanto é palavra tem a letra "a" e ela vai justamente escolher uma que não tem!

O pior é o apelido que pega na hora: Taniarelha. Durante o resto da aula é aquela gozação. Pedrinho e Antônio adoraram.

Resolveram adotar o apelido pra sempre. E depois da aula, quando todos se reúnem em frente à Capelinha pra pular corda, amarelinha e brincar de gosto-não-gosto, Tânia foge pra casa, com raiva do apelido, com raiva deles todos, com raiva dela própria. Detesta todo mundo olhando pra ela. Olhando de um jeito que ela não gosta de ser olhada. Como se ela fosse diferente. O apelido gozador a torna mais diferente do que já se sente.

A ameaça

Ele sabe que a bronca pode tardar, mas que vem, vem. Por isso enrola pra voltar pra casa. Fica brincando em frente à Capelinha, junto com Luísa e Antônio. Pedrinho gosta muito de pular amarelinha, mas, como acha que é brincadeira de menina, faz-se de rogado quando Luísa o convida pra pular. Mas, depois que entra, não quer parar. E sabe que está na hora. A mãe deve ter posto o arroz na mesa. Hoje tem ovo frito. Pedrinho a viu comprar ovo no seu Lucas. Agora vai dar de cara com o pai. E o pai vai dizer: — Onde é que tu tava quando eu te chamei? Menino preguiçoso! Me deixa sozinho no bananal e vai correr atrás dos passarinhos!

Não é verdade. Tinha ido catar galho de guapiruvu. Tem uma árvore perto da casa do seu Marcos e Pedrinho aproveitou que era dia de semana e seu Marcos não tinha descido com a família. Seu Marcos não gostava que cortassem suas árvores. Pedrinho catou meia dúzia de galhos e escondeu numa moita. À tarde, depois do almoço, ele viria com uma faquinha e trabalharia aquela madeira macia e branquinha até transformá-la numa pilha de toquinhos de vários tamanhos. Depois era o trabalho paciente de armar tudo numa gaiola-alçapão.

Pedrinho vê, de longe, a menina que entrou há pouco na escola. Do portão azul de sua casa, ela fica olhando os três brincarem. Pedrinho espera que Luísa acene pra ela vir brincar, mas Luísa fica olhando e não diz nada. Marisa, que pula corda ao lado, também não chama. Pedrinho pensa que é porque a menina deu uma de boba na escola. Puxa, aquela de orelha com "a" foi de doer! Mas errar todo mundo erra. Outro dia o Antônio não disse que sinônimo de "reinol" era "penico"? Todo mundo morreu de rir dele — mesmo Zezinho, que não tinha entendido nada —, e depois esqueceu. Foi todo mundo brincar junto.

Ouve Joana tocando sino na porta de casa. Cata os cadernos que se espalharam pela poeira e sai correndo em direção ao seu ovo frito. Será que hoje o pai bate com a cinta? Ou vai continuar, como sempre, na ameaça?

O boi

A mãe limpava a casa de dona Matilde. Era uma sala enorme, muito alta, com poltronas e sofás junto às paredes. Na parede do fundo, estava encostada uma estante imensa, sapecada de estatuetas. Tinha quadro por tudo quanto era lado. A mãe esfregava o chão com um trapo úmido. Estendeu um pano de pó para Tânia e disse:

— Vá tirando o pó das mesinhas. Mas toma cuidado, que não quero complicação.

Tirou o pó das mesinhas e dos quadros. Foi chegando até a estante. Eram três prateleiras cheias de bichos e homens feitos de barro, cerâmica e vidro. Encantou-se com um boi coberto de laços.

— Ó, mãe, esse boi acho que vai casar. Vê só como ele tá enfeitado!

— Larga mão disso, menina. Não disse pra não mexer nas coisas de dona Matilde? Eu falei pra você só tirar o pó das mesinhas. Se você quebra, a mulher desconta do ordenado da gente e não vai dar pra pagar a mesa que a gente já comprou.

Não deu nem tempo de dona Cida acabar de falar e o boi esbarrou a perna na estante e rachou. Tânia viu que com boi não dava sorte mesmo. E se a mãe visse? Mas a mãe estava agachada e Tânia encobria o enfeite com o corpo. Ajeitou o boi e a pata de um jeito que ele parecia inteiro. Pensou nessa dona Matilde que não conhecia. Devia ser velha e gorda e ter uma verruga debaixo do olho esquerdo. Se ela fosse brigar por causa de um boi de barro, ela que tinha um montão de outros enfeites mais bonitos, é porque ela devia gostar muito daquelas coisas todas. Mas como é que cabe dentro da gente gostar de tanta coisa? Será que dona Matilde gostava tanto do boi como ela do Genival? Mas se ela, Tânia, só tinha o Genival... O pior é se a velha descontasse mesmo do salário da mãe. Daí não dava pra pagar a mesa e muito menos comprar a televisão que o pai tinha prometido. E se a dona Matilde mandasse eles embora? Se ela ficasse tão brava, mas tão brava, que mandasse eles embora? Daí não ia ter mais praia, não ia ter mais escola com professora cheirando a sabonete, não ia mais ter mar com onda forte nem floresta com macacos e leões. Tânia deslizou porta afora e foi encontrar o pai regando a grama.

— Pai, cê tá gostando daqui, tá?

— Tô. Só as costas é que estão reclamando. No mais, é bem bom. Dá pra ir levando.

— A gente vai comprar a televisão logo, né?

— Logo que der.

— E se a dona Matilde mandar a gente embora?

José se espanta, sorri da preocupação da menina:

— Ué, e por que ela havia de mandar a gente embora?

— Porque... porque... — mas Tânia não consegue contar do boi pro pai. — Por nada não, pai, só pensei... — e sai correndo pra praia, vai catar siris e conchinhas.

A gaiola

Teve de ajudar o pai no boteco. Detestava servir pinga pro pessoal do bairro. Principalmente quando já estavam meio bêbados. Falavam enrolado, diziam besteira, começavam a perguntar se tinha namorada. Pedrinho detestava conversa de bêbado. Então, assim que deu, inventou uma lição pra escola e escorregou porta afora.

Em dois minutos estava no meio do mato, no lugar onde tinha deixado o material para a gaiola. Pegou a faquinha de cabo marrom e, sentado em cima de um tronco grosso, ficou cutucando os galhos um bom tempo. Gostava de ficar assim, no meio das árvores, escutando as corruíras e os sanhaços piando sobre sua cabeça. Aprendera a gostar disso com João, que também lhe ensinara a fazer gaiola. Costumavam sumir para o mato depois das aulas e passar a tarde toda subindo em árvore, catando fruta, balançando-se nos cipós, aprendendo a reconhecer o piado dos passarinhos. Depois que João se mudou para Santos, ele não encontrou ninguém que soubesse gostar dessas coisas, de verdade, como eles. Então se acostumou a ficar sozinho.

Cortou as varetas maiores para fazer a base e as laterais da gaiola. Depois, pacientemente, foi montando o arcabouço. Era um trabalho lento e cansativo. Pedrinho, ao terminar, esticou o corpo sobre a relva e ficou olhando a nesguinha de céu que aparecia entre as copas das árvores. Dormiu mais de meia hora.

Antes de voltar para o terreiro em frente à Capelinha, desceu até a praia para dar um mergulho. De longe, viu a menina nova que cutucava a areia na beira do mar. Pensou em chegar perto, mas não sabia o que dizer. E a turma iria encher o saco se ele convidasse para brincar e ela aceitasse. Ia começar aquele negócio de "ih, tá gostando dela!", ele não ia ser besta de se meter numa fria daquelas.

Subiu até a pracinha, em frente à Capela, onde todos brincavam de queimada.

— Posso entrar? — perguntou pro Antônio, que, na ausência de Rafael, era quem mandava. Rafael era de São Paulo, só vinha nos fins de semana.

— Tá completo. Só se você arranjar alguém pro outro lado.
Pedrinho lembrou da menina:

— Tem a Tânia. Tá lá na praia catando conchinha.
Ninguém respondeu.

— Posso chamar ela? — arriscou.
Luísa e Marisa fizeram cara feia.
Sérgio disse:

— Não deve saber jogar.

— Fica café com leite — sugeriu Pedrinho.

— Ah, ela é uma chata — disse Luísa.
E Marisa completou:

— Não vou com a cara dela.

— Parece uma sombra — disse Luísa, rindo. — Preta daquele jeito!
Todos riram e o jogo continuou.

Na praia

Dona Matilde era um pouco diferente do que ela pensara. Mas só um pouco. Era mais pra velha, gorda e tinha mesmo uma verruga. Só que era debaixo do olho direito e estava acompanhada de outra verruga preta. Usava óculos de lentes muito grossas que pendiam garganta abaixo, presos por uma corrente, quando ela não estava usando. Falava puxando os "erres" e enrolando um pouco.

Era a primeira vez que aparecia na praia, desde que Tânia tinha se mudado, há mais de um mês.

Olhou Tânia por cima dos óculos. Examinou um pouco, depois abriu um sorriso que não convenceu a menina e disse pra dona Cida:

— Bonitinha, sua filha. Que idade ela tem?

— Quase dez.

Dona Cida estava satisfeita pelo interesse da patroa.

— Então está muito magrinha. Mas agora vai ver como ela desabrocha. Não tem como o mar para abrir o apetite.

Tânia pensou que apetite é que não faltava.

— E já colocou na escola? — continuou dona Matilde.

— Começou no outro mês.

— E está gostando? — a pergunta agora era para a menina.

— Tou gostando da professora. Ela cheira bem.

— Ah! (Será que essa menina é bobinha?, pensa dona Matilde.) A escola é muito importante. Acho muito importante que você aprenda a ler direitinho. Quem sabe você ensina teu pai mais tarde. Acho...

Mas Tânia já não escuta e pensa: não gosto da senhora. O jeito de falar depressa, de fazer uma pergunta sem escutar direito a resposta da outra, isso dá vontade de inventar uma porção de mentiras. E começa:

— Sabe que a professora disse que vai me passar para o segundo ano daqui a um mês porque eu sei tudo?

— Que bom! (Dona Matilde faz que acredita.) Então eu vejo que você é uma menina muito esforçada!...

O tamanho da mentira não foi suficiente. Resolve inventar uma maior:

— Pra quem se comportar direito na escola, a professora disse que vai dar uma bicicleta de presente.

Dona Matilde dá um sorriso frouxo para dona Cida. Pensa: meninazinha imaginosa, essa!

Tânia continua:

— A professora tá ensinando a gente a ser artista de novela.

Dona Matilde se levantou. Estava retardando o serviço da caseira. Melhor era levar aquela menina cheia de fantasia pra praia e deixar a mãe com os muitos afazeres da casa.

— Cida, se você deixar, levo Tânia pra praia comigo. O dia está bom demais pra ela ficar trancada em casa.

Tânia foi correndo botar o maiô azul-escuro que herdara da filha de uma ex-patroa da mãe. Não gostava da cor, mas era o único que tinha. Dona Matilde pegou-lhe a mão e as duas atravessaram a extensa faixa de areia até chegar ao mar.

Na água havia dois meninos. Num deles, Tânia reconheceu Pedrinho, colega de classe. Fingiu que não viu, virou a cara pro outro lado. Mas Pedrinho chamou:

— Ei, Tânia, vem brincar!

Tânia tinha medo de que ele a chamasse pelo apelido na frente de dona Matilde, por isso fingiu que não escutou e continuou andando.

Então Pedrinho não perdoou:

— Ei, Taniarelha, Taniarelha, vem ver que água gostosa!

Tânia ficou um pimentão e apertou o passo. Que raiva daquele menino cabeludo e metido. Tava certo, ela tinha dito uma besteira. Mas ele não tinha razão para gozar. Era o campeão da distração. Vivia respondendo errado. A professora até tinha dito que se ele continuasse daquele jeito, não ia passar de ano. Tânia estava muito irritada. Pensou que não devia sair daquele jeito, sem responder para Pedrinho. Assim, para surpresa de dona Matilde, que caminhava ao seu lado, Tânia deu meia-volta e entrou no mar perto do menino.

— Sabe de uma coisa? — disse bem alto para que o outro garoto também ouvisse. — Fica com esse laço pra você fazer um rabo de cavalo no teu cabelo. Você vai ficar uma gracinha com lacinho vermelho! — e jogou a fita ao lado dele.

Voltou depressa até a beira, ouvindo Antônio, o companheiro de Pedrinho, caindo na gargalhada. Continuou caminhando ao lado da patroa de sua mãe. Que susto! No meio da história sentiu um medão, mas um medão que só vendo. E se o Pedrinho agarrasse ela e desse um caldo? E, pior, se ele empurrasse a fita sem tocar e dissesse: sai pra lá, põe esse troço sujo longe de mim! Se ele mostrasse que ficou com nojo da fita dela?

Sentiu-se pequenininha, do tamanho de um grão de areia. E depois, quando ouviu o Antônio rindo do Pedrinho, se sentiu grandona, forte. Assim, igual aos meninos.

A praia estava quase deserta. Na direção em que andavam, havia apenas uma mulher loira lendo, sentada numa cadeira baixinha, ao lado de um guarda-sol. E uma menina um pouco menor que Tânia, fazendo bolos de areia.

Chegando perto, dona Matilde cumprimentou a mulher, dona Márcia. Tânia reconheceu a menina que algumas semanas antes estava brincando no balanço de pneu, em frente a sua casa.

Juliana continuou enchendo o balde com areia. Tânia sentou-se ao lado e pegou a fôrma de peixe. Uma fazendo bolos, outra formando uma fileira de peixes. Depois se encontraram e resolveram fazer uma cidade em conjunto.

Constroem um castelo, um fosso, uma estrada e vários túneis. Levam um tempão procurando uma lata de cerveja vazia que possa servir de perua Veraneio.

Mas a obra dura pouco. Uma onda mais forte inunda o trabalho, demolindo castelo, fosso e estrada. Vira tudo uma pasta.

— Merda! — diz Tânia.

A mãe de Juliana olha para ela. Dona Matilde, sentada ao seu lado, olha sem jeito para ela. Juliana também olha para ela e cai na gargalhada:

— Merda mesmo! Merda mesmo!

E as duas deixam as mulheres espantadas na beira do mar e vão enfrentar, pulando e rindo, as ondas fortes.

A mãe dela não gostou. Nem dona Matilde. Será que a mãe dela não deixa mais ela brincar comigo? Depois pensa: Juliana também falou. E a mãe não caiu de pau em cima dela como faria minha mãe se ouvisse. Mergulha por baixo de uma onda, que estoura forte.

Juliana quer mostrar o que aprendeu na aula de natação. Duas braçadas e a onda encobre ela, Juliana toma água pelo nariz. Foge tossindo, o cabelo curto escorrendo. É assim, diz Tânia: e mergulha apertando o nariz com os dedos. Juliana atrás. As duas rindo.

Saem pingando. O cabelo de Tânia pulou pra fora das marias-chiquinhas e ficou arrepiado. Um pedaço pra cima, o resto pra baixo, relando nos ombros. Nos ombros incomoda. Tânia vê que a pele dos ombros está avermelhada e, ao ser tocada, dói. Mas logo esquece, quando Juliana diz:

— Tânia, você quer almoçar na minha casa?

Tânia olha pra dona Matilde, mas a mulher não decide:

— Você tem que perguntar pra tua mãe.

— Ela deixa!

Tânia está estourando de vontade de comer na casa daquela nova amiga. Será que a mãe dela deixa?

— Mas é melhor a gente perguntar — diz dona Matilde. De mais a mais, eu ia mesmo andando. O sol está mais forte do que eu pensava.

Dona Márcia não disse que não. Minha mãe tem que deixar. Tânia sente os ombros. Parece que estão esturricados, que vão abrir de uma hora para outra. Molha com água do mar, mas o alívio é apenas momentâneo.

Dona Cida percebe o que aconteceu, antes mesmo de Tânia dar a primeira reclamada. Tânia resolveu que ia reclamar dos ombros primeiro e depois pedir para almoçar na casa da Juliana. Assim funcionaria melhor: a mãe ficaria com dó dela e faria alguma coisa para consolá-la. Mas não contava com a presença da patroa, que já entrou pedindo o almoço para dali a dez minutos.

Dona Cida fica desarvorada. Não sabe se cuida dos ombros da filha, que choraminga, ou coloca o almoço na mesa. É a primeira vez que trabalha de cozinheira. Acende o fogo debaixo das panelas e dá uma mexida no arroz. Tânia se aproveita da aflição da mãe:

— Mas tá doendo muito, mãe!

Dona Cida apaga o fogão e sai em busca de álcool, que ela sabe que vai aliviar um pouco. Não encontra no armário da despensa. Volta para a cozinha e vê dona Matilde irritada, mexendo na gaveta do armário. Dona Cida torna a acender o fogo debaixo das panelas.

— Mãe, deixa eu ir na casa da Juliana? A mãe dela tem uma pomada que melhora queimadura.

Tentou matar dois coelhos de uma só cajadada. Quem sabe, na aflição, a mãe concorda.

— E quem é essa Juliana que não conheço? — fala, enquanto mexe nas panelas e retira as travessas dos armários.

— Ela mora na casa branca, da ponta da praia. A mãe dela é muito boazinha.

— Olha, eu já te disse que não quero você brincando com menina que eu não conheço.

— Ela é bacana, mãe. Ai! Tá doendo tanto esses meus ombros! — choraminga de novo.

Dona Cida está irritada. A patroa querendo as coisas depressa. Além do mais era por culpa dela que Tânia se queimara demais. Custava mandar a menina botar a blusinha? Que nada, filha de empregada, ela não tava nem ligando. Além do mais, devia achar que pele de preto não queima.

— Sabe de uma coisa? — diz dona Cida, quase gritando, para a filha. — Vá reclamar pro teu pai. E não me amole mais com essa Juliana — e dona Cida entra bufando na sala de jantar, carregando as travessas de comida.

Pombas! Será que a mãe ouviu eu falando palavrão?

O banho

Atravessa o filete de água que corre geladinho. Numa mão, leva a redinha. Na outra, um pedaço de pau. Curvado, vai cutucando a areia do fundo do riacho com a mão esquerda e, em seguida, com gestos bem rápidos, passa a redinha. A areia escorre pelas malhas, o pitu fica preso no fundo. Repete a operação meia dúzia de vezes. Aí a latinha de ervilhas que trouxera já está cheia e ele desce em direção ao mar. É quando escuta risos.

Lembra do Antônio rindo dele, de manhã, no mar, quando Tânia mandou ele amarrar o cabelo com a fita. Na hora ficou meio ofendido, meio sem jeito, o Antônio gozando dele. Depois riu junto. Achou engraçado aquele toco de menina, com a maior cara de pau, enfrentando ele mais o amigo.

Os risos, logo adiante, soam mais alto. Ouve alguém dizer:
— Eu não! Vai você primeiro!

Pedrinho sabe do que se trata, por isso procura fazer o menor barulho possível. Acostumado que está a andar pela floresta, quase que voa sobre as folhas secas. O ruído que faz é mínimo. As três moças que riem e brincam dentro da água não percebem sua aproximação.

Escondido pela folhagem, Pedrinho observa os corpos nus das moças. A emoção e o medo de ser descoberto são tão grandes que ele não ousa olhar com os dois olhos. Põe o olho direito numa frestinha da folhagem e percorre o cenário com uma curiosidade que não tem tamanho. O coração bate em disparada. Nem na época do João tinha visto moças tão nuazinhas. Geralmente elas tiravam só a parte de cima do biquíni. Acampadas na praia, a única chance de se lavar com água doce é se embrenhando pela mata e aproveitando o riozinho. Os meninos sabem disso. Mas é difícil, é muito difícil conseguir tirar uma lasquinha desse espetáculo. Geralmente elas desconfiam e a qualquer barulhinho estranho embrulham-se nas toalhas.

Pedrinho tirou a sorte grande. Uma ensaboa as costas da outra. A terceira boia. Depois, as três brincam de se empurrar e ver quem escorrega antes. Lavam os cabelos, passam sabão pelo corpo todo. Depois mergulham e as bolhas vão escorrendo pelas pernas abaixo. Pedrinho sente o rosto ardendo. Antônio e Zezinho não vão acreditar quando ele contar.

As moças estão saindo da água. Sobem pelas pedras, enrolam-se nas toalhas. Que pena! Estava tão bom assim, só olhando! Já secas, começam a vestir os *shorts* e as blusas. E vão seguindo pela trilha que leva até a praia.

Pedrinho fica um bom tempo quieto atrás da folhagem. Depois se levanta e segue pra casa. Esqueceu-se da pesca, os pitus vão apodrecer na lata de ervilhas abandonada.

Alguma coisa dentro dele o chama para o bar do seu Lucas. Não sabe bem o que foi fazer lá, quando chega e seu Lucas o cumprimenta. É fim de tarde. Os homens estão reunidos tomando cerveja. Pedrinho se esconde num canto pra ouvir as conversas. Falam de futebol e falam também de mulheres. É isso que ele queria ouvir. E como ninguém, além do seu Lucas, deu pela sua presença, fica um bom tempo agachado num canto, atrás dos caixotes de garrafas, escutando o papo animado e cheio de detalhes que os homens vão levando, entre os goles de cerveja e muito riso.

O almoço

O almoço na casa de Juliana já estava na mesa quando Tânia chegou correndo. Tinha conseguido driblar o pai. Sem saber o que a mulher dissera para Tânia, seu José havia consentido na ida dela à casa da nova amiga. Tânia sabia que a mãe não deixaria isso muito barato, mas a bronca só iria ocorrer no fim da tarde e até lá poderia se divertir muito.

Passara correndo pela venda do seu Lucas. Estava cansada de ouvir a mãe dizer que ali era lugar de homem e que ela não pusesse os pés lá dentro. Tinha muita vontade de saber o que era um lugar onde só cabiam homens, mas deixou para outra ocasião.

A fome era muita. Só de olhar aquele bife suculento, o estômago relaxava. Aceitou tudo quanto lhe puseram no prato e não recusou quando ofereceram bis. E bolo de chocolate! Quem é que podia resistir a três pedaços de bolo de chocolate, quando a última vez que lembrava de ter comido bolo de chocolate fora na festa da madrinha, tanto tempo atrás?

Depois do almoço não conseguia se mexer direito. Não queria fazer nada. Só ficar jiboiando. O bem-estar era tanto que até se esqueceu dos ombros queimados.

Pouco mais tarde, voltou Rafael acompanhado de Zezinho. Rafael era o irmão mais velho de Juliana. As duas tinham planejado visitar o riozinho, lugar onde Tânia pensava fazer uma cabana. Mas acharam melhor aceitar o convite dos meninos para uma partida de corrida com dados. Se recusassem, Rafael desconfiaria, acabaria seguindo as duas e elas não queriam que ninguém soubesse de seus planos.

Tânia não se ajeitou bem com os dados. Confundiu o seis com o cinco e andou seis casas. Rafael corrigiu. Na vez seguinte, novamente. E Rafael voltou uma casa com a peça de Tânia. Mas as meninas não estavam muito entusiasmadas com o jogo. Preferiam visitar o recanto escondido perto do riozinho que Tânia conhecia e confiara à nova amiga. Por isso, elas demoravam a jogar. Nunca sabiam que tinha chegado a vez delas. Criou-se um clima de má vontade em volta da partida. Os meninos irritavam-se com a distração das duas. As meninas se chateavam por terem que ficar ali. Na quinta vez que Tânia trocou o resultado do dado, Rafael não aguentou e explodiu:

— Ah! Essa negrinha não acerta nunca, pô!

Juliana ficou vermelha feito um pimentão. Levantou-se e começou a gritar para o irmão:

— Não fala assim com a minha amiga, viu? Ela é *minha* amiga! — E, chamando Tânia, sentou-se na rede, recusando-se a jogar.

Juliana estava mesmo muito brava com o irmão. Ofendendo aquela amiga que ela tinha acabado de fazer e que tinha ideias tão boas para brincarem. Nem respondeu quando ele convidou as duas para o esconde-esconde:

Tânia gostou muito da amiga depois daquela hora. Mais do que já vinha gostando. Aquela dor que sentia quando a chamavam de negra, daquele jeito, daquele jeito xingado, como se estivessem chamando ela de suja, de ladrona, de asquerosa, a amiga tinha percebido bem. Melhor até do que sua mãe, que parecia não se importar quando alguém dizia — e ela ouvira muitas vezes — que preto, quando não suja na entrada, suja na saída. Ou quando diziam que coisa malfeita era "trabalho de preto". Doía, e doía muito, mas só que o pai e a mãe dela não diziam nada. Parece que nem escutavam. Ela tinha vontade de dizer que tanto preto quanto branco erravam e acertavam da mesma maneira. Que tanto fazia ser preto quanto branco, porque não era a cor da pele que ia fazer ela acertar ou errar. Ou jogar certo ou jogar errado, como tinha acontecido pouco antes. Mas, no fundo, ela sentia uma pontinha de timidez por ser preta e tinha a impressão de que se não brigasse, não reclamasse, todo mundo ia se esquecer de que ela tinha aquela cor. Até ela... ela que às vezes, bem no fundo, gostaria de ter nascido de olhos azuis, feito a Juliana.

O arrastão

A tarde passa depressa, entre o jogo de cartas, as balançadas no balanço improvisado de pneu que pende da árvore e um brinquedo elétrico cheio de subidas e descidas, onde os carrinhos apostam corrida. O armário cheio de brinquedos do quarto de Juliana faz Tânia se esquecer da cabana ao lado do riacho. Nunca vira tanta boneca, tanto carrinho elétrico, tanto jogo colorido, tantos brinquedos de armar, juntos. Estranha também o quarto da amiga que é só dela, com uma cama de verdade que é só dela, e uma porção de roupas penduradas no armário. Fica fascinada com a facilidade com que Juliana abre o guarda comida e, sem perguntar pra mãe, pega biscoitos e chocolates. Quando a amiga, satisfeita, desiste da visita à cozinha, Tânia, empolgada, sugere-lhe uma nova investida. É como na televisão: abrir a geladeira e pegar um iogurte! Abrir o armário e encontrar uma pilha de bombons! Ou uma lata de doce de leite! Ou pêssegos em calda! E as frutas? De todos os tipos e tamanhos. É só pegar. E depois, empanturradas as duas, é abrir a geladeira e catar um refrigerante para cada uma, pra tomar de canudinho!

A bebida balança no estômago quando as duas, mais dona Márcia, descem até a beira da praia para assistirem aos pescadores puxando a rede. O sol está se pondo. Seu Lucas e seu Osvaldo vão de bote até a rede de seu Lucas, que esteve boiando a uns duzentos metros da praia, desde a madrugada. Catam uma ponta e puxam a rede de forma que ela se fecha nas bordas, formando uma bolsa e não deixando os peixes escaparem.

Daí remam até a praia, onde os outros homens esperam para dar uma mão. Alguns já vão entrando na água, avançando até ela dar no peito. E vão voltando, segurando com cuidado uma ponta da rede. Os outros colocam-se em fila atrás e todos puxam a mesma ponta. A rede vai se aproximando lentamente, pois está muito pesada com a água e o peixe todo que tem dentro. Quando a rede desponta no raso, Juliana e Tânia veem que há uma forte agitação na água. São os pequenos peixes que pulam e se debatem, sentindo a falta de oxigênio.

Agora a praia encheu de gente.

Zezinho, Antônio, Luísa, Rafael e a mãe e o pai de todo mundo cercam a rede cheia, enquanto o sol vai se pondo. As mulheres dos pescadores trazem cestos de vime, que todos ajudam a encher com o peixe que a rede descarregou na areia. A pesca rendeu: corvinas, badejos, pernas-de-moça, bagres, carapaus e até baiacus, que são peixes venenosos, não servem para comer. Tudo peixe pequeno, mas que, somado, dá mais de oitenta quilos. Os que ajudaram a puxar a rede têm direito a uns dois ou três peixinhos. O resto vai ser vendido para os turistas ou salgado pra consumo próprio.

É tarde demais para chegar até o riozinho. Além disso, Tânia está um pouco preocupada. Há pelo menos duas razões para a mãe lhe puxar a orelha: a saída para a casa de Juliana, sem ordem, e o estrago no boi de barro que, nestas alturas, já deve ter sido descoberto. Tânia se despede de Juliana e volta, apressada, para casa.

O lugarejo fica muito escuro à noite. Só tem luz na frente da Capelinha, que se encontra distante da casa de Tânia. Ela segue no escuro. Passa em frente à vendinha do seu Lucas, que tem luz acesa. Está silencioso demais, provavelmente não tem ninguém. Tânia sente uma curiosidade enorme. Maior que o medo da mãe. Que será que tem lá dentro que menina não pode ver? Chega até a porta, como quem não quer nada. Tudo continua em silêncio. Tânia sobe um degrau e olha pra dentro. Ah, então era isso? Então era isso que a mãe não queria que ela visse? Mas o que será que ela não queria que Tânia ouvisse? Isso Tânia não consegue imaginar.

Olha fascinada as figuras na parede, por cima das prateleiras de copos, bebidas e maços de cigarros. Mulheres coloridas e peladas em todos os cantos. Tânia fica examinando uma por uma. São bem mais jovens e bonitas que sua mãe. Tem uma que é quase tão escura quanto ela, mas tem um rosto todo pintado e sorri bonito. Tem outra que é meio parecida com dona Márcia.

Acha a segunda mais bonita. Aqueles cabelos loiros, lisos, aquela cor clara de pele, mais clara nas partes onde a moça deve usar biquíni, quando vai à praia. Lembra que um dia sonhou que era mais branca que essa moça. E que tinha o cabelo liso, caindo solto sobre os ombros.

Assusta-se com a gargalhada. É o Pedrinho, aparecendo por trás dos caixotes, troçando dela:

— Como é, achou bonito, é?

Tânia foge, envergonhada. Não queria que Pedrinho visse ela vendo aquelas figuras. E se ele adivinhasse o que ela estava pensando?

O esconderijo

No domingo, Tânia escapole bem cedo de casa. Nem bem acaba de comer seu pão com manteiga e já está ao pé do imenso pau-d'alho seco que tem em frente à vendinha do seu Lucas. Juliana chega logo depois. É tão cedo que são poucas as janelas abertas. As duas trocam informações sobre como conseguiram convencer as mães a deixá-las sair tão cedo e sozinhas. Tânia ainda está surpresa com a reação de dona Cida, que não ralhou nem puxou a orelha nem fez ameaça alguma, como ela previra no dia anterior. Não sabe bem se a mãe se esqueceu ou deixou para mais tarde. O certo é que a mãe não parecia de mau humor ou irritada quando ela saiu. Por isso sente-se tão bem.

Tinha visto o pai de longe, na praia, pescando. Aos domingos, bem cedo, ele saía para catar pitu no riozinho e depois jogar a linha no mar. É dia de pescar pelo menos meia dúzia de betaras, garantir o almoço. Seu José fica relembrando os tempos da Bahia.

Tânia e Juliana avançam pela estrada de terra batida. Logo alcançam a mata que margeia o riozinho e de tão cerrada mal deixa entrever a trilha. Está tudo muito quieto. Dá pra reconhecer o sabiá que canta em cima de uma jaqueira. Ele piando de lá, uma corruíra respondendo em cima da umbaúba. Mais adiante, um tico-tico alimenta seus filhotes nos galhos de um abricoteiro. Tânia aponta o chupim para Juliana. Um pássaro bem maior que os outros filhotes do tico-tico e que está instalado no meio deles. Tânia explica que a mãe do chupim é preguiçosa, não gosta de ficar chocando seus ovinhos. Por isso, coloca-os no ninho de outra mãe, que não percebe e trata deles como se fossem seus.

As duas vão subindo a trilha quase que escondida de todo por folhagens de vários tipos. Da trilha podem enxergar o riozinho que desce por sobre as pedras, formando, por vezes, pequenas cachoeiras. Não tem mais que um metro de largura e em alguns trechos parece bem fundo. Mas isso só perto das cachoeiras, porque, no geral, dá pra ver o fundo.

Apesar de o sol já estar alto, ali é meio escuro. As árvores altas, cobertas de parasitas, unem-se umas às outras e só permitem a passagem da luz de vez em quando.

Juliana sente sede. A caminhada difícil por entre os arbustos cansa. As duas se sentam sobre uma pedra e colocam as mãos em concha para beber. A água é fria e gostosa. Desce fácil pela garganta abaixo, refrescando o corpo todo.

Passam por um guapiruvu carregado de passarinhos. Tânia explica que é dessa árvore que o pessoal da região faz gaiola e armadilha pra passarinho. Pegam pica-paus, sanhaços, andorinhões e corruíras.

Tânia vai contando pra Juliana do lugar onde queria fazer a cabana.

— Tem um lago do lado, quer dizer, é como uma piscina. Foi a raiz de uma árvore enorme, acho que uma figueira, que foi rodeando a água e formou assim como um lago. Atrás da figueira não tem mato nem arbustos e ao mesmo tempo é um lugar bem escondido porque a trilha passa do outro lado do rio e um pouco distante da água. A gente tem de cruzar umas folhagens altas e atravessar o rio por cima da raiz da figueira, pra chegar ao lugar. Você vai ver que bacana que é.

Juliana está entusiasmadíssima. Mas também sente uma pontinha de medo. Acha que pode ter cobra por perto e, toda vez que ouve um barulho indefinido, agarra-se em Tânia.

— A gente põe umas estacas de bambu que tem lá mais pra baixo, onde a gente passou, e faz as paredes. Depois enche os buracos com terra.

Tânia fala baixinho. Juliana está colada a ela. A subida ficou puxada. De repente, resolvem se calar porque têm a impressão de que ouviram vozes. Avançam em silêncio, procurando não movimentar demais as folhagens que escondem a trilha. Tânia estaca e segura o braço de Juliana. Ouvem claramente as vozes. Mas não dá pra entender o que dizem nem para distinguir quem é. As vozes vêm exatamente da direção da figueira, a árvore que forma um lago com suas imensas raízes.

Tânia e Juliana avançam.

Tem barulho de água, tem gente rindo, a voz é de mulher. De duas mulheres. A vegetação é espessa. São mais arbustos e folhagens do que árvores. Tânia vai na frente, afastando as folhas com muito cuidado e procurando não pisar forte. Juliana, encostada nela, segue com o coração aos pulos.

Chegam perto da figueira. É uma árvore muito alta, de tronco forte, que parece que continua rente ao chão; é uma raiz, mas parece um tronco e esse tronco caminha como num círculo. O riozinho passa por cima do tronco, mas fica cercado e, por isso, forma uma pequena piscina de águas bem claras, dá pra ver o fundo a meio metro. É lá que duas moças, nuas, tomam banho. Tânia e Juliana veem as duas se ensaboando, depois uma ensaboando as costas da outra. Deve fazer cócegas, pois as duas riem. Depois mergulham, molham a cabeça e começam a ensaboar os cabelos. Os *shorts*, blusas e toalhas ficaram na margem. A água vai se enchendo de sabão. Em volta das duas moças, há trechos cheios de sabão. Uma, a mais alta e magra, apanha um pouco de sabão e joga na outra. A outra é morena e meio gordinha. Se esquiva, mas dá um passo em falso e escorrega, mergulhando na água. A alta cai na gargalhada e é acompanhada por outro riso. Percebendo que não estão sozinhas, as duas gritam de susto e saem correndo até a margem, procurando pelas roupas.

Tânia e Juliana olham na direção do riso que assustou as moças. Encarapitado numa jaqueira, Pedrinho está meio sem graça de ter suspendido o espetáculo. Mas não consegue parar de sorrir para as moças, que se enrolam nas toalhas e começam a descer rente ao riozinho. Mexem com o menino:

— Sabe que é feio espiar os outros?

— Nasce verruga na ponta do nariz!

Mas não parecem muito aborrecidas. Vão-se embora rindo do susto, em direção à barraca armada na praia.

Tânia faz sinal para Juliana ficar quieta. Se Pedrinho descobre o plano das duas, é capaz de estragar tudo. Tânia vê o menino descer da árvore e entrar na água. Dá duas braçadas, alguns mergulhos e depois fica boiando, olhando para o sol que se infiltra pelas árvores. Fica um tempão assim. As meninas quase perdem a paciência.

Depois ele se levanta, joga os cabelos pra trás e vai descendo o rio, pulando de pedra em pedra.

Tânia puxa a amiga pela mão e as duas atravessam a corredeira que pula a raiz da figueira. Atrás da árvore há uma fileira de arbustos e logo depois um pequeno descampado.

— Olha, é aqui — aponta Tânia para a amiga. — A gente podia construir uma cabana e ninguém via a gente. O único jeito de chegar aqui é pelo riozinho. E o caminho que tem é do outro lado do rio. Os arbustos escondem tudo.

Juliana aponta mais adiante:

— Olha, olha aquele bambuzal. Já é uma cabana prontinha!

De fato, dando uma ajeitadinha no bambu pra servir de porta, a planta tinha a própria forma de uma cabana com parede e ramos se trançando no alto, feito um teto.

As meninas tomaram posse. Logo perceberam que dentro do bambuzal havia uma divisão formando duas salas. O chão estava forrado de folhas velhas e as paredes, bem fechadas, permitiam que se visse o exterior estando-se nas salas. Mas impediam que se visse dentro, a quem estivesse do lado de fora.

— Ah, mas isto é bárbaro! — Juliana não parava de dizer. — Isto é bacana demais. Você tem certeza de que ninguém conhece este lugar?

— Já vim aqui um montão de vezes e nunca encontrei ninguém. Só hoje. Mas as moças e Pedrinho acho que nem perceberam o bambuzal.

— Ótimo! Então isto fica nosso. A nossa cabana. Sabe o que eu vou fazer? Vou trazer algumas coisas pra botar aqui. Vou trazer alguns brinquedos pra gente ficar brincando sem ninguém pra encher.

Tinha outras ideias:

— A gente pode arrumar uma rede de catar pitu. E a gente fica catando pitu aqui e depois pesca robalo e tainha aqui mesmo no riozinho. A gente usa esse bambu mesmo como vara de pesca e eu peço uma linha pro meu pai. Isto fica nossa cabana de pesca.

— Ah, não! Aqui a gente fica brincando de casinha. Eu trago as bonecas. Eu sou a mãe, você fica a professora. Amanhã mesmo a gente vai buscar as coisas.

Tânia não se entusiasma muito com a ideia. Mato era lugar de subir em árvore, pescar, boiar na água limpinha do riacho. Por outro lado, ela nunca tinha segurado bonecas tão bonitas e coradas nos braços. Nem nunca tinha brincado com cachorrinho a pilha que saía farejando no chão e mudava de rumo quando se chocava com alguma coisa dura.

Pensou que talvez Juliana não fosse a companheira certa pra brincadeira de mato. Talvez a Luísa. Ou a Marisa. Mas elas não eram muito amigas. Viviam cochichando dela e nunca chamavam pra pular amarelinha. Um dia até tinham mexido com ela: — Olha, a Branca de Neve vem chegando — Luísa dissera meio alto pra Marisa. Era pra Tânia escutar e ela escutara. E tinha doído da mesma maneira que quando Rafael a tinha chamado de negrinha. Ou quando os meninos se recusavam a abraçá-la ao caírem com ela na brincadeira do "gosto-não-gosto".

Pensou então que com Juliana não tinha nada disso. Que Juliana até tinha defendido ela contra Rafael. Dava até pra esquecer que Juliana era meio mandona. É que ela só tinha 8 anos. Era pequena. Mas sabia brincar e não ofendia.

Daí deu uma vontade enorme de contar pra Juliana um segredo que tinha guardado até então: a saudade do Genival. Mesmo porque as meninas maiores iriam caçoar dela, com dez anos, falando de cavalinho de pau como se fosse gente. E contou tudinho pra Juliana.

O espião

A emoção foi a mesma do dia anterior. Só que não pôde resistir ao mergulho desajeitado da moça. Depois se arrependeu de ter rido. O espetáculo foi muito mais curto do que desejara. Claro que Pedrinho ficou sem graça quando as duas moças mexeram com ele. Mas isso ele não contou para o Antônio e o Zezinho, que pescavam na desembocadura do rio quando ele desceu.

Mas a surpresa maior foi depois que as moças se foram. Pedrinho andou alguns passos e ouviu um barulho estranho. Curioso, do jeito leve que ele sabia andar na mata, voltou à jaqueira. Viu, então, Tânia e a irmã menor do Rafael fazendo planos para uma cabana. Quietinho, sem que elas desconfiassem da sua presença, ouviu o papo inteiro das duas. De vez em quando, dava uma vontade grande de aparecer e perguntar se podia brincar junto. Mas era claro que elas não queriam. Aquilo estava com cara de lugar secreto. Ah! E se ele contasse pra turma? Pensou um pouco nisso. Depois ficou com uma bruta pena. A Tânia andava levando tanta entortada, dava dó desmanchar essa brincadeira dela.

Acompanhou os movimentos das meninas sem se deixar ver. Como espião ele era mesmo dos bons, pensou. Quase não resistiu à vontade de assobiar. Mas acabou ficando quieto em cima da árvore, até ver as meninas sumindo de volta pra suas casas.

A bronca

Assim que Tânia pisou em casa, percebeu que algo não andava certo. Dona Cida estava com uma tromba imensa e já foi reclamando quando ela entrou:

— Onde é que andou? Agora não dá mais satisfação pra gente, é? Ontem passa a tarde fora, quando eu disse que não era para visitar a tal da Juliana que eu nem conheço. Hoje some, não ajuda no almoço e eu tenho mais de vinte pessoas pra dar de comer.

Pronto. Tardou mas veio. A mãe era assim mesmo. Às vezes ficava de bom humor, parece que só pensava em coisa boa, parece que acreditava que tudo estava melhorando, que eles iam poder comprar a tal da casinha que ela e o pai queriam. Então ria, ria muito, pegava Tânia no colo e fazia cafuné e ficava beijando ela e brincando. Mas no dia seguinte podia mudar tudo. Ela acordava zangada, de cara amarrada, não queria conversa. E então parecia que todas as coisas difíceis e duras da vida deles entravam na cabeça da mãe e ficavam dizendo para ela que a vida não ia mudar nunca, ia ser sempre pobre, feia, triste, nada ia dar certo, nunca iriam comprar uma casa, teriam que viver sempre de aluguel ou na casa dos outros, feito então.

Nesse domingo o mundo parecia abafado para a mãe. Tânia viu logo de cara, mas também não ligou muito. Sabia que o jeito era ficar quieta, não responder, aguentar firme os puxões de orelha. Ficou secando pratos e pensando nos projetos da tarde, enquanto a mãe resmungava sem parar.

Assim estavam as coisas quando dona Matilde entrou na cozinha com cara de poucos amigos. Tânia percebeu logo que aí vinha confusão. Mas já era tarde demais para escapulir atrás do pai. Dona Matilde vedava a única saída para o jardim.

— Cida, qual foi a recomendação que te dei, quando contratei você para cá?

— A senhora...

A patroa interrompeu. Não era uma pergunta para ser respondida, Tânia percebeu logo, era só para introduzir a bronca:

— Eu deixei bem claro que você devia ter todo o cuidado com os meus objetos de arte. Meu marido adora essas coisas que temos aqui. Isto (estendeu um embrulho) pode parecer bobageira para você, coisinha de barro. Mas fique sabendo que tem muito valor. É de um artista primitivo lá do Recife.

Tânia sabia o que tinha dentro do embrulho e pensou que não sabia bem o que era um artista primitivo, mas devia ser alguém feito ela, da idade dela, porque se ela pegasse um barro daqueles, era bem capaz de fazer um boi igualzinho. E até melhor.

Dona Matilde continuava:

— E está quebrado. Veja (mostrou o embrulho aberto). Quebraram a perna.

— Mas não fui eu, dona Matilde, eu juro que não fui eu!

— Então o boi andou sozinho?

— Eu limpei tudo com muito cuidado. Lembro bem que deixei tudo direitinho!

— Vai ver que o boi se cansou de ficar parado na prateleira e resolveu dar uma volta...

Tânia percebeu a raiva da mãe nos olhos. A patroa estava gozando dela, mas ela não disse nada. Será que a mãe sabia que fora ela, Tânia? Ai! Agora eles iam ser mandados embora!

A patroa continuou:

— Não vou descontar o valor total desta peça do teu ordenado, porque senão não sobraria muita coisa. Mas vou fazer algum desconto. Que é para você aprender a tomar mais cuidado. Afinal, não é pedir muito. Você fica a semana inteira sem fazer nada. Não custa deixar meus objetos limpos e inteiros.

Parecia estar enrolando os "erres" e os "esses" mais do que nunca. Mas Tânia já estava sentindo um certo alívio. Ia ser só o desconto no ordenado. Não era desta vez que eles iriam embora.

Dona Matilde saiu, deixando dona Cida bravíssima. Tânia sabia que ia sobrar para ela. E não deu outra. Mal viu a patroa pelas costas, dona Cida agarrou a filha e sacudiu-a, gritando:

— Viu o que você fez? Eu não disse pra não mexer naquilo? Quando é que você vai me obedecer?

Seu José entrou naquele momento e dona Cida voltou-se para ele:

— Ai, José, que desgraça! A gente vai ser descontado. A Tânia quebrou um enfeite da dona Matilde e ela disse que vai tirar do nosso ordenado. Como é que a gente faz para pagar a prestação da mesa?

Tânia pensou: Ih! Acabou-se a televisão...

— Calma, mulher, a gente dá um jeito.

— Sabe o que dona Matilde me disse? Que eu não tinha nada que quebrar a estatueta porque eu não faço nada o dia inteiro! Sou eu ou é ela que não faz nada o dia inteiro? E limpar os tapetes, e encerar o chão e tirar a poeira dos móveis e passar vaselina no diabo desses metais pra não enferrujar? E fazer comida prum batalhão nos fins de semana? E lavar lençol e toalha de todo mundo? Trabalho feito uma burra e ela tem a cara de pau de me dizer que eu não faço nada!

Tá na hora de eu me mandar, pensou Tânia, e foi escorregando porta afora. Mas a mãe percebeu:

— Fica aqui, menina desobediente. Tu não põe a cara na rua hoje. Quero ver essa cozinha limpinha.

E, virando-se para o marido:

— José, que coisa maldita que é viver na casa dos outros. Qualquer coisinha e já estão lembrando que a gente está aqui meio por favor.

— É. Mas, em compensação, a gente não tem aluguel pra pagar. A gente não fica esticando o dinheiro pra não ser despejado.

Ah! Papai sempre arreglando, pensa Tânia. Que medo que ele tem de brigar. De brigar principalmente com o patrão. Era sempre assim, antes, em São Paulo. Vivia levando, se lastimava, mas não levantava a cabeça.

— Mas, José — diz dona Cida —, com toda essa responsabilidade de uma casa nas costas da gente, não é favor nenhum morar de graça. E não é de graça que a gente tá morando. É parte do ordenado da gente.

Tânia lava os pratos e deixa escorrendo. O papo dos pais continua. Dona Cida acusando a patroa, seu José botando panos quentes. Tânia é mais a mãe. Não gosta daquela patroa fingida e mandona. Não gosta, de vez, de ser mandada. Não gosta do jeito de o pai aceitar ser mandado, procurando sempre desculpar os patrões. E a mãe? Chia, chia, mas fica tudo na mesma. Pelo menos, chia. Mas parece que tem uma vergonha dentro dos dois. Um medo e uma vergonha. Tânia está com raiva. E quer fazer uma vingançazinha contra dona Matilde.

Aproveita, então, que a mãe está de costas e desliza até a parte social da casa, com uma ideia malandra na cabeça. Dois minutos depois está de volta, sem que os pais tivessem dado por sua ausência.

À tarde, a casa inteira se mobiliza atrás dos óculos de dona Matilde. Muito míope, não enxergando um palmo na frente do nariz, dona Matilde não sabe dar um passo sem seus potentes óculos. Está irritadíssima. Ela jura que os deixou na cabeceira da cama, enquanto tomava banho.

Mas só vão encontrá-los no fim da tarde, entre as almofadas do sofá. Por sorte, intatos.

O encontro

No dia seguinte, Juliana já tinha subido para São Paulo e Tânia teve de ir sozinha até a cabana. Levou uma vara de pesca quebrada que o pai tinha dado e uma rede meio podre que tinha achado jogada na praia.

Continuou visitando a cabana todos os dias.

Um dia, na ida, passou por Pedrinho, que jogava bolinha de gude sozinho.

— Ei, Tânia, quer jogar comigo? — convidou o menino.

Tânia ficou contente por ele ter dispensado o apelido, mas recusou:

— Não posso. Depois eu jogo.

— Aonde você vai?

Tânia pensou depressa numa mentira que colasse:

— Catar umas folhas lá no morro pra mãe fazer um chá.

O menino fingiu que acreditou:

— Ah, então eu vou com você. Conheço tudo quanto é folha e erva que tem pra cozinhar. Te ajudo.

A sorte de Tânia foi que a mãe de Pedrinho apareceu na hora certa:

— Menino, teu pai tá te esperando!

Pedrinho ajudava o pai a cortar e carregar os cachos de bananas da plantação que eles tinham perto da cachoeira. Isso, quando conseguiam laçá-lo a tempo.

Tânia continuou andando sozinha, preocupada em não ser seguida. Por duas vezes, em outros dias, tinha percebido Antônio, Zezinho e Luís tentando segui-la disfarçadamente. A custo tinha conseguido chegar até a cabana sem que eles vissem.

Na escola, Pedrinho troca de lugar e se senta atrás dela.

— Sabe que eu matei uma cobra-d'água, hoje, lá no bananal?

Tânia se interessa e ele conta como foi. O pai estava distraído serrando o cacho de bananas, quando ele, Pedrinho, ouviu um barulhinho de coisa se arrastando e logo a cobra estava lá, olhando pros dois. Então ele agarrou um pedaço de pau e, numa tacada só, arrancou fora a cabeça da cobra.

Depois, Pedrinho tira do bolso uma goiaba madurinha, sem buraco de bicho, e estende para ela:

— Toma, colhi pra você. Tá madurinha.

Tânia guarda a fruta na bolsa, porque dona Vera, que chegou com cara de resfriado, está olhando feíssimo para os dois.

— Tânia, apanhe o lápis e escreva o que vou ditar.

Tânia pensou: a professora está brava. Deve ter brigado com o namorado.

É claro que o lápis de Tânia não tem ponta. A menina se atrapalha, tentando disfarçar. Pedrinho percebe e estende o seu por baixo da cadeira.

Dona Vera dita meia dúzia de palavras, depois volta sua atenção para os meninos do 4º ano.

Pedrinho cochicha:

— Olha, hoje à tarde vou colher abricó numa árvore batuta que descobri no caminho do morro. Você não quer ir comigo? A gente leva uma cesta.

Tânia vai com ele. O abricoteiro é uma árvore bonita, enorme e cheia de folhas. No meio delas há uma grande quantidade de frutinhas redondas e amarelas, os abricós. Com uma vara comprida, Pedrinho vai arrancando as frutas, que Tânia colhe na cesta. Depois invertem: ela tira, ele colhe.

Pedrinho sente vontade de contar coisas. Fala de João, amigo do peito, que foi embora no começo do ano. João era batuta jogando bola, subindo em tudo quanto era árvore, nadando na baía de ponta a ponta. João foi morar em Santos, como a família dos tios de Pedrinho.

— Tem muita gente se mudando, né? — falou a menina. — Minha mãe disse que a família da Luísa também vai, depois do Natal.

— É. Antes era tão bom. Você precisava ver as festas que a gente fazia aqui. A festa de Santana, em julho. Tinha rojão, tinha fogos, tinha o pessoal rezando na Capelinha e depois saindo em romaria pela praia. Agora já faz dois anos que não tem mais festa. Também, todo mundo tá indo embora!

— Mas a mãe disse que neste ano vai ter festa de novo. Que o pessoal tá tentando fazer tudo como era antes, com quermesse, as rezas, tudo.

— Era bom mesmo! Quem sabe o João também vem.

Daí Pedrinho conta das gaiolas e armadilhas que sabe fazer com os galhos de guapiruvu, que dá bastante, perto do rio. Desenha no chão a gaiola que acabou de fazer.

— A gente bem que podia caçar um bem-te-vi — sugere Tânia.

Mas o menino fica quieto.

— É difícil, é? — pergunta a menina.

— Não é isso. É que eu não gosto. Não gosto de pegar o bichinho e deixar preso. Me dá um dó ver ele pulando de um poleiro pro outro, olhando pra fora! É como quando minha mãe me tranca no banheiro.

— Ué, então pra que você faz gaiola?

— Porque é bonito. E agora tem as donas que vêm no fim da semana e compram pra pendurar planta dentro. Daí dá um dinheirinho.

Tânia pensa no passarinho, sufocando numa gaiola pequena. Mais ou menos como se sente quando dona Cida fica controlando o que ela faz ou deixa de fazer. A mãe não tem a mania de trancar no banheiro, mas gosta da filha sempre por perto. Ah! Que bom se ela pudesse ir embora pela floresta como um passarinho, esconder-se atrás de uma folha, sozinha! Sem dona Cida pra perguntar com quem brincou, onde esteve, se se comportou direitinho na casa da dona Jurema. A mãe sempre dizendo: o que que os outros vão pensar da gente, se você fala palavrão, anda descalça, com o vestido sujo? A mãe sempre preocupada com o que os outros vão dizer dela e deles. A mãe sempre com medo dos outros e passando medo pra ela. O pai mais medroso ainda. Ah! Ela vai viver na cabana, vai pescar e catar frutas sozinha, vai dormir num montão de folhas secas, vai fugir de tanto resmungo, tanta bronca, tanta preocupação.

Daí sente um medinho e pensa tudo ao contrário. Que ficar solta, bem soltona feito um passarinho sem mãe, é coisa de esfriar a espinha. Que a floresta é grande demais, tem árvore e bicho demais, não dá pra sair por aí sozinha, como um passarinho que, depois de tudo, ainda fica cantando!

Tânia admira o passarinho e diz pra Pedrinho, que não entende nada:

— Passarinho é um bicho tão corajoso, não?

A cabana

Juliana não desceu para a praia nos fins de semana seguintes. Tânia visitava a cabana quase que diariamente e foi montando a mobília. Limpou o chão, armou um banco com um pedaço de tábua velha e duas pilhas de tijolos vazados que encontrou jogados na praia. Deixou um canto para servir de fogão. Fez um quadrado de tijolos e cortou umas varetas bem fininhas de bambu para fazer de espeto. Numa parede deu um jeito de pendurar uma sacola. Serviria para colocar as goiabas e talvez os cocos e bananas que conseguissem juntar.

Ia arrumando e pensando na cara da Juliana ao ver tudo arranjadinho e pronto para as aventuras que Tânia tinha imaginado.

Tornou a encontrar Pedrinho várias vezes pra catar goiaba e abricó. Na classe, um dia, ele diz que tem uma surpresa para ela. Tânia não vê chegar a hora do recreio para saber do que se trata. Tenta adivinhar, procura fazer o garoto falar, mas Pedrinho não dá a dica. É divertido ver Tânia tão curiosa.

Quando dona Vera avisa que é hora de comer a merenda,

todos entram em fila na cozinha da escola. Ana, a servente-caseira, estende a sopa de legumes a cada um. Sentam-se ao redor da mesa de fórmica e Pedrinho pisca para Tânia:

— Aposto que você não adivinhou.

— Ah! Diz logo, cê vai me fazer esperar até o fim das aulas?

Pedrinho estava pensando em fazer isso mesmo, mas fica com pena dela e aponta para um canto da cozinha:

— Olha ali. Ali no cantinho. Olha o Genival que fiz pra você.

Tânia vê um cavalinho de pau feito de cabo de vassoura. Tinha cara e rabo, era perfeito. A cara, Pedrinho fizera com o pano de uma camisa velha costurada em forma de saco e recheada de algodão. A boca era uma tira de pano costurada e os olhos eram botões pretos. O rabo era feito de hastes velhas de capim seco.

— Que bacana! Tá com cara de ser ainda mais forte que o outro Genival! Puxa, muito obrigada, Pedrinho! Como é que você adivinhou?

Nunca havia falado com ele sobre o cavalinho de pau, embora sentisse uma saudade doida das brincadeiras com Genival e Válter. Mas a surpresa e a alegria são tão grandes que Tânia nem ouve as explicações que Pedrinho se esforça pra inventar e, assim, encobrir que escutara o papo dela com Juliana, perto da cabana.

Além do mais, estava todo mundo de olho no seu brinquedo. Tânia corre e agarra o cavalo. Todo mundo a rodeia e cada um pede pra dar uma voltinha. A sopa fica esfriando nos pratos, enquanto se revezam no Genival, pelo pátio.

À tarde, Tânia leva Genival até a cabana e deixa-o, escondido. Aproveita para carregar também uma lanterna velha e duas caixinhas de fósforos.

A cisma

Quando Tânia passa por ele, carregando o Genival, Pedrinho pensa: vou junto. Mas tá na cara que ela não vai gostar. Então ele fica ali mesmo, em frente à Capelinha, jogando bolinha de gude com o Antônio. Finge que não ouve quando o pai chama pra ficar no balcão. Continua ali, tacando bolinha nos buracos cavados no barro.

Tânia volta a passar. Desta vez o pessoal a vê.
Luísa chama:
— Ei, Tânia, cadê o Genival?
— Guardei.
— Eu quero dar uma voltinha.

Quer nada, pensa Tânia. Luísa não deve achar a mínima graça em brincar com um cavalo de pau. Fala pra encher.
— Agora não dá. Depois eu trago.

Marisa cochicha qualquer coisa no ouvido de Luísa e diz alto:
— Tá com medo que a gente gaste ele, é?
— Depois eu trago, já disse.

Zezinho, que jogava botão com Sérgio, mexe com ela:

— Vai ver que o Genival entrou de férias.

Pedrinho sente uma súbita vontade de dar um soco na cara do irmão mais velho.

Luísa completa:

— Deve ter cansado de carregar urubu em cima!

Pedrinho sente um arrepio, uma vontade de saltar em cima da menina e acabar, no sopapo, aquela gargalhada besta. Nesse instante, a cara de Rafael passa pela sua cabeça. É bem coisa dele isso de xingar os outros de urubu, negro, sombra. Pedrinho olha pra Tânia com o rabo dos olhos e vê que ela se segura pra não chorar. Larga as bolinhas e grita pra Luísa:

— Vê se não enche a Tânia, sua espinhuda. Nunca se viu no espelho, não?

Luísa leva um susto. Pedrinho não é de entrar na briga dos outros.

— Que é que há, hein? Virou príncipe encantado da Branca de Neve?

Luísa é desbocada, todo mundo ri.

Pedrinho agarra ela pelos ombros e lhe dá um empurrão. Luísa sai correndo dele. Foge pra casa, batendo a porta na cara do menino, que foi atrás.

Tânia aproveita para sair sem ser notada. Eu sou uma cretina, pensa. Devia agarrar essa lacraia e puxar o cabelo dela. Sou a maior cretina que existe. Devia cair no sopapo em cima dela, com a raiva que eu tou, arranhava ela toda, enchia ela de soco, rasgava a saia dela. Eu sou mesmo uma besta, uma medrosa. Eu odeio essa bocó. Eu odeio ela. Mas por que que eu não consigo bater nela? Por que que eu fico apavorada quando alguém lembra que eu sou preta? Alguém me *xinga* de preta? Por que que eu fico que nem minha mãe e meu pai, bem pequenininha, com vontade de sumir, quando alguém lembra que eu sou preta?

Joga-se de bruços no seu colchão. A última coisa que ela desejaria no mundo é que sua mãe perguntasse por que ela estava chorando.

Na mata

No dia seguinte, assim que Tânia viu as janelas da casa branca se abrindo, correu para rever Juliana. A véspera tinha deixado uma tristeza enorme dentro dela. Apesar da defesa de Pedrinho, sentia-se sozinha. Queria contar para a amiga aquele nó que trazia na garganta. Mas quando viu Juliana, cheia de animação, querendo saber da cabana e contando da pilha de coisas que tinha juntado pra levar pra lá, esqueceu-se de tudo e foi falando da arrumação que tinha feito, dos peixes que tinha pescado, das ideias que tinha bolado. Combinaram passar a tarde na cabana porque, pela manhã, seu José precisava de Tânia no jardim.

A manhã custou a passar. Dona Cida pediu pra Tânia ajudá-la antes na arrumação da casa. Evitou que ela chegasse perto dos enfeites. Depois da bronca de dona Matilde, dona Cida redobrou o cuidado no arranjo da casa, embora, segundo os cálculos de Tânia, resmungasse o dobro. Volta e meia falava em voltar pra São Paulo, rever os amigos, viver "na casa dela". Seu José é que segurava as pontas. Lembrava que aquela casinha, pelo menos, não fazia água, nem perdia telhas, mesmo quando o forte vento local se fazia presente. O pai tinha pegado alguns servicinhos extras e cobrira o prejuízo do boi quebrado. Assim, a família continuava a fazer planos para comprar a televisão.

Tânia varreu o chão, bateu as almofadas, tirou pó das mesinhas. Depois foi ajudar seu José a tirar tiririca da grama. No final, suada, ligou a torneira e se esguichou toda por um bom tempo.

Depois do almoço, antes que dona Cida tivesse qualquer ideia a seu respeito, Tânia sumiu. Passou pela vendinha de seu Lucas. A porta estava aberta, mas não havia ninguém atrás do balcão. Tânia arriscou uma nova olhadela nas figuras da parede. Ficou pensando se algum dia ela iria ficar assim, bonita como as moças dos cartazes.

A moça que era da cor dela tinha o cabelo todo cacheado, bem alto, em volta da cabeça. Sentiu um pouco de vergonha pelas moças: peladas assim, com que cara elas tinham tirado a roupa na frente do fotógrafo?

Era um tipo de vergonha como aquele dia que tinha visto Pedrinho espiando as moças no riacho. Vergonha por elas. Vergonha misturada com inveja de ter coragem de mostrar o corpo daquele jeito, sem dar a mínima. Vergonha e inveja.

Um pouco confusa, seguiu até o pau-d'alho onde Juliana já esperava ao lado de uma sacola enorme.

A sorte das duas é que o calor era muito e quase ninguém estava na rua. Por isso, puderam caminhar com a sacola grande e pesada sem chamar muita atenção. O duro foi passar pelos trechos mais emaranhados da floresta sem enroscar nos galhos.

Cansadas, alcançaram a porta da cabana. Daí foram tirando os objetos da sacola. Tinha boneca, radiozinho a pilha, lanterna nova, bola, cantil, canivete, carretel de linha de pesca e vários anzóis, dois pratos de ferro, panela, garfos, facas e colheres.

Pouco descansaram. Logo saíram para catar goiabas e bananas. Tânia foi levando o canivete, mas, chegando próximo ao bananal, Juliana avisou:

— O canivete é meu, sou eu quem corta.

— Ah, deixa eu cortar, deixa. Só uma vez.

— Não. Eu que corto.

E tirou o canivete das mãos de Tânia, pondo-se a serrar o cacho verde que Tânia tinha encontrado. Depois de algum tempo, já suando muito, Juliana consentiu que Tânia cortasse um pouco. O cacho no chão, a dificuldade era carregá-lo até a cabana. Tânia procurou e achou um cipó e um tronco forte, mas fino, que pudesse suportar o cacho, pendurando-o no meio. Amarrou bem caprichado e, apoiando uma ponta do tronco no ombro, desceram até a cabana, carregando o cacho. Deixaram num canto da cabana, acabando de amadurecer. Levando a sacola, foram colher goiabas.

Tânia conhecia um pé de goiaba vermelha, carregadinho, carregadinho. Custaram um pouco a chegar, porque na floresta não havia trilhas e Tânia ainda não se habituara bem ao local. As duas subiram na árvore e foram jogando as frutas que ainda não tinham sido batizadas pelos passarinhos. Com a sacola cheia, voltaram para a cabana.

— Vou levar as goiabas pra minha casa — avisou Juliana.

— Todas? — espantou-se Tânia, que não estava reconhecendo o jeito da amiga. Tinha voltado tão mandona. É verdade que Juliana tinha sempre um jeito meio mandão de ser, mas dessa vez estava exagerando. Só porque o canivete era dela, ela escolhia quem devia cortar o cacho? Só porque ela trouxera a sacola, ia levar todas as goiabas pra casa?

— Todas não — respondeu Juliana. — Deixo uma meia dúzia aqui.

— E eu, não levo nada pra casa?
— E você tem onde levar?
— Se você emprestar a panela, eu levo dentro.
— Ah não! A panela não pode sair daqui. Depois você esquece na tua casa e a gente nem pode cozinhar mais.

Tânia lembrou da sacola velha que ela própria tinha pendurado na parede da cabana, alguns dias antes. Pensou em levar as frutas dentro. Depois achou melhor deixar as goiabas madurando ali. Quem sabe, daria para fazer um doce de goiaba, se elas conseguissem arranjar um pouco de açúcar. Falou com Juliana, que achou a ideia ótima. Ela mesma ia trazer o açúcar no dia seguinte.

Então resolveram pescar. Juliana não tinha ideia de como se armava uma vara de pesca, mas Tânia vira o pai arrumando e depois pescara várias vezes com Pedrinho. Foi um e dois. Logo as duas varas estavam com linha, um peso na ponta e anzol.

Só que faltava a isca. Tânia também sabia como arranjar. Pegou a rede e saiu a catar pitu na corredeira.

— Nossa, que bicho mais feio — falou Juliana ao ver o primeiro, que Tânia logo agarrou.

— É que nem camarão. É camarão de água doce. Você não come camarão?

— Como. Acho uma delícia. Mas se ele, vivo, é feio como o pitu, não quero ver camarão perto de mim. Perco a vontade de comer.

— Se eu conseguir pegar bastante que dê pra isca e sobre, a gente podia fritar alguns destes. É uma delícia. Você esquece da cara dele.

Os pitus estavam sem sorte. Em meia hora, Tânia já tinha uma lata de Nescau cheinha deles.

Repartiu em dois. Deixou um pouco para pescar e o resto colocou na panela, falando para Juliana lavar os bichos e tampar a panela. Enquanto isso, foi tirando as cascas dos pitus e enfiando nos anzóis. Em seguida, as duas desceram o riozinho até bem próximo ao mar, onde não havia mais corredeiras e o rio se alargava, chegando a ter mais de metro e meio de fundo.

Encontraram Zezinho e Antônio pescando.

— Taniarelha, onde é que você conseguiu tanto pitu? — perguntou Antônio.

Tânia sentiu vontade de jogar o menino dentro do rio. Desde o dia anterior não estava podendo ver aquela turma na frente. E, além disso, agora ela teria que explicar para Juliana a razão do apelido. Fingiu que não ouviu a pergunta. Não gostava quando lembravam as besteiras que tinha feito. Besteira todo mundo faz. Não é pros outros estarem lembrando.

Antônio continuou:

— Taniarelha tá surda, é?

— Não — respondeu a menina —, é que eu não sei decifrar relinchos.

Zezinho riu do amigo.

Antônio não gostou. Perdeu a esportiva:

— Não fala assim comigo, senão eu jogo tuas iscas na água.

Tânia considerou a ameaça. Será que ele teria coragem de fazer o que tinha prometido? Mas agora não podia recuar. Se baixasse a cabeça, na próxima vez seria mais vexaminoso.

— Não falo assim com você se você não falar assim comigo. Meu nome não é esse.

Antônio sossegou um pouco, mas não abandonou totalmente a luta.

— Que que vocês estavam fazendo lá pra cima? Já vi você uma porção de vezes rondando o riozinho. Aposto que tem um esconderijo e não quer que a gente descubra.

Tânia se assustou:

— Esconderijo? Nós? Imagine! Que bobagem! Eu gosto de tomar banho no rio, é só isso. Com esse calor...

Nem era tanto o calor. Afinal, fim de tarde de junho não é tão quente assim.

— Ah, você não me engana! Qualquer hora eu descubro o esconderijo de vocês.

Feita a ameaça, o menino virou as costas para as duas e mudou o lugar da pesca. O amigo o seguiu.

Tânia não conseguiu se acalmar, mesmo depois de Antônio ter partido e ela ter colocado a linha com a isca na água. A cabana era uma coisa muito importante. Era um lugar dela. Um lugar onde não tinha mãe para mandar nem pai para saber o que estava acontecendo. Onde só devia entrar quem ela quisesse. Onde podia fazer o que desse na telha, ou não fazer nada. Se, de repente, todo mundo soubesse onde ficava a cabana e todo mundo resolvesse frequentá-la? Babau cabana e tudo que ela significava. Tânia lembrou das moças nuas penduradas na parede do bar do seu Lucas. Iria se sentir como elas, meio pelada, se, de repente, começasse a aparecer gente na cabana. Pensou nisso e riu. Juliana quis saber qual era a graça.

Tânia explicou a comparação que tinha feito com as mulheres da parede e acrescentou:

— Você também não pensa umas coisas meio loucas, feito essa? Minha cabeça, às vezes, fica estourando de ideias. Sabe o que eu pensei outro dia? Que se tua mãe fosse patroa da minha, eu acho que a gente não ia ser amiga.

— Por quê?

— Porque eu não ia gostar de ver a tua mãe mandando na minha. Daí eu pensei outra coisa. Pensei por que tem de ter sempre alguém mandando na gente. A mãe, o pai, a professora, a patroa...

Pensou um pouco:

— Juliana, tua mãe também tem patroa?

— Não.

— E teu pai, tem patrão?

— Não.

— Hummm. Então ele tem empregado?

— Tem.

Tânia ia começar a pensar nisso, quando sentiu uma fisgada e deu um rápido puxão na linha:

— Olha, peguei! Peguei! Tá puxando forte, deve ser imenso!

E foi puxando a linha de volta, com muita precisão. Logo apareceu uma tainha de um palmo na ponta do anzol. No mesmo instante, Juliana sentiu um puxão e tentou imitar a amiga. Mas seu gesto não foi muito rápido e a linha chegou vazia. Tânia retirou seu peixe do anzol, evitando ser mordida. Juliana ficou admirando a maneira jeitosa da amiga. Engraçado que com aquela vara velha, a linha curta e o anzol enferrujado, Tânia tinha conseguido o peixe que ela perdera.

Revirou nas mãos a vara novinha. Ficou com vontade de pedir a vara de Tânia emprestada. Mas não pediu. A dela era melhor, mais bonita, era uma questão de sorte. Logo, logo, ela estaria com seu peixinho fisgado.

Juliana tentou colocar sozinha o pitu. Eta bichinho feio, nojentinho. Com as pontas dos dedos, olhando para o outro lado, pinçou um pitu. O bichinho esperneou na mão dela. Mais que depressa, procurou o anzol, mas o bicho foi mais esperto. Deu-lhe uma picadinha no dedo. Juliana soltou um berro — que foi mais de susto que de dor — e empurrou a lata com o pé. Por um triz, não cai tudo na água.

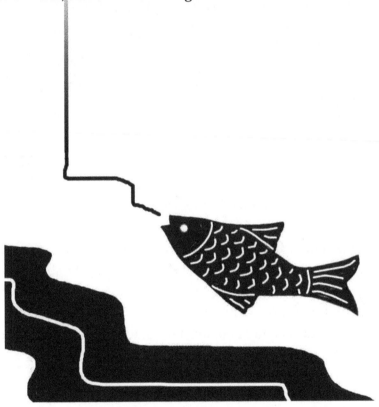

O presente

O sol queima as costas, cada vez que Pedrinho sobe à superfície e coloca algumas conchas dentro do saquinho de plástico. Amarrado na pedra, não tem perigo de o saquinho escorregar e ir para o fundo. Com a ponta da faquinha, ele solta a concha preta do musgo da pedra. A boca do marisco, pela abertura da concha, abocanha a vegetação bem rala que tem na pedra. Só cortando a plantinha é que se consegue ficar com a concha. O trabalho rende bastante. Em meia hora, tem um saquinho cheio de conchas grandes.

Pedrinho adora marisco com arroz, mas todo mundo tem nojo de marisco em sua casa. Por isso há muito tempo não se põe a catar as conchas. Agora era para Tânia que catava. Não sabia muito bem por que, mas sentia que precisava compensar a menina pela paulada que recebera no dia anterior. Como se os mariscos fossem uma forma de dizer: olha, não penso como eles, eu gosto de você.

Mas entregar tudo assim, na mão dela? Chegar e dizer: passei pelas pedras, peguei alguns pra você, achei que você gostaria? Ou então: fala-pra-tua-mãe-fazer-com-arroz-que-fica-gostoso-à-beça, e sair correndo? Pedrinho fica sem jeito. O rosto uma brasa, só de pensar. Dar o Genival foi fácil; foi só fazer e entregar. Mas agora, depois que parece que doeu dentro dele a dor da menina, ficava tão difícil de dizer qualquer coisa!

Decide deixar o presente na cabana. Ir lá, deixar num canto e escrever no chão: pra Tânia. E não assinar. Ou assinar? Não sabe. A ideia agrada e ele segue a trilha rio acima, depois de se certificar de que não há ninguém por perto.

Não há ninguém também na cabana. Afasta a porta e entra numa sala. Num canto há uma sacola pendurada, cheia de goiabas. No outro, um cachorrinho de pelúcia olha pra ele, do chão. Vê também duas varas de pesca e várias latas vazias de Nescau.

Deposita o saco plástico numa delas. Daí pega uma vareta e risca o chão.

Não chega a terminar o nome da menina, que ele não sabe se tem ou não acento. Tânia aparece na porta, antes. Pedrinho se volta e vê a expressão de surpresa e raiva da menina:

— Você sabia? — a voz está meio engasgada.

Pedrinho agora está de pé:

— Sabia.

Ele fica triste ao ver a decepção dela:

— Mas não fica com medo, eu não conto pra ninguém.

Percebe que ela duvida.

— Não conto, não. Faz tempo que eu sei. Lembra do dia que as moças nadaram peladas aí?

A palavra "pelada" deixa Tânia sem graça. Mas isso não dura quase nada. O aborrecimento por ter seu esconderijo invadido é muito maior.

— Você sabia todo esse tempo e não disse nada? Aposto que estava gozando de mim. Aposto que estava espionando a gente!

— Juro! É a primeira vez que entro na cabana!

— Quando você me deu o Genival, você já sabia?

— Sabia. Mas quis te dizer, você não escutou!...

— Então você é um mentiroso! Quem sabe e não fala e fica só no "quis te dizer", é um mentiroso!

— Num sou! Além do mais você nem veio ver o que eu estou escrevendo aqui!

— E o que você está escrevendo aí?

— Olha!

Com alguma dificuldade, Tânia decifra:

— Pa-ra Tâ-nia. Para Tânia o quê?

— Olha dentro da lata, ué!

Fazendo-se meio de rogada, Tânia dá uma espiadela:

— Mariscos! Eu adoro isso! Minha mãe fez um dia, eu adoro isso!

— Catei pra você. Lá nas pedras.

Pedrinho sente o rosto vermelho quando diz "pra você". Não tem o mínimo jeito pra essas coisas, pensa.

— Puxa, que bom! Você é um amor! — e dá um abraço no menino.

E é a vez dela ficar um pimentão. O menino vem conquistando terreno dentro dela faz um bom tempo, mas só agora percebe isso. Talvez por essa razão a raiva de vê-lo invadindo seu esconderijo tenha sumido tão depressa. Ela gosta dele. E ela gosta do jeito de ele gostar dela.

Um fica olhando para o outro e ninguém tem nada pra dizer.

Até que a cabeça de Tânia volta a funcionar e ela diz:

— Por que a gente não cozinha os mariscos?

— Agora?

— É! A gente tem panela.

Os mariscos são lavados e colocados na panela com água. Pedrinho acende um foguinho com os gravetos que encontra ao redor da cabana. Quando a água ferve, as conchas se abrem e os bichos ficam à mostra. Aí eles tiram os mariscos, jogam as conchas fora e lavam os bichos até sair toda a areia. Temperam com limão e sal e deixam esfriar.

Então Pedrinho fala aquilo que estava na garganta:

— Tou uma arara com a turma. Com a Luísa e todo mundo que te tratou mal, ontem. Eu... eu... eu queria dizer que não penso como eles. Nem acho que eles pensem assim. Isso é bem coisa do Rafael. Ele é que é metido a gostosão, metido a chefe. E o jeito dele mandar é arrasando com as pessoas.

— Comigo ele tem cisma. Desde o primeiro dia que fui na casa dele que ele vive me xingando.

— E a turma acha bonito imitar ele. Tudo que ele faz é certo. Parece que, imitando ele, ficam igual.

A lembrança do dia anterior dá um mal-estar em Tânia. Precisa falar. De repente é como se o Pedrinho fosse um velho amigo, fosse a Juliana que ela tinha imaginado, e ela começa a falar, gaguejando, as lágrimas brotando nos olhos.

— É que eu sou preta e eles não perdoam. É que tem uma raiva dentro deles por gente preta como eu. Não é só eu. É tudo quanto é preto. E daí, quando a gente faz qualquer coisa errado, ou desagrada, lá vem pauleira da grande por cima. Maior do que se a gente fosse branca, muito maior. É que eles acham a gente diferente. Mas diferente pra pior. Como se fosse uma vergonha ser preta. E eles jogam isso na cara da gente: olha, você é preta, você vale menos.

Pedrinho reagiu assombrado, ao mesmo tempo morrendo de pena dela.

— Não, não é verdade! Você não deve pensar assim! Não é todo mundo assim. Eu não penso assim!

— Você não pensa, mas o Rafael pensa e a Luísa pensa.

— A Luísa imita o Rafael.

— Imita, mas pensa. Pensa que é melhor que eu. Quando eu erro na escola, é porque eu sou a maior das burras. Quando ela erra é porque estava distraída.

— Não! Eu acho você muito mais inteligente do que ela. Você já lê livrinho, com meio ano, nem meio ano de aula!

— Eu odeio eles! E odeio porque eu fico com vergonha de mim, às vezes. Às vezes fico louca de vontade de acordar branca, branca de olhos bem azuis, feito uma alemã, e ter pai e mãe brancos que valem tanto quanto o pai e a mãe dos outros. E não ter que esticar o cabelo até doer, para ele não ficar pixaim.

Pedrinho está mudo. O que ele pode dizer?

— Mas eu tenho muita raiva de pensar desse jeito. E acho que é o jeito que a minha mãe pensa. Eu queria não ter vergonha, não me sentir pior...

Agora se cala. Disse tudo. Estava socado na garganta, agora saiu. Pedrinho olha pro chão. Quantas coisas as pessoas têm que guardar dentro delas, pensa.

Está um silêncio enorme na cabana. E ficam um bom tempo assim. Depois Tânia levanta e pega o prato de mariscos:

— Já esfriou. Vamos comer?

Pedrinho apanha dois e põe na boca. Engole e faz uma cara esquisita. Tânia, que engoliu, também franze o nariz:

— Trocamos o sal pelo açúcar!

E os dois caem na gargalhada.

— Amanhã eu cato outros — promete o menino.

E voltam juntos pra ver o arrastão.

A festa

Naquele domingo e nos fins de semana seguintes, Tânia e Juliana viveram um grande número de peripécias. Cataram coco verde, abriram e tomaram a água gostosa que tinha dentro e, depois, comeram aquela carninha branca, de sobremesa.

Tânia tinha se esquecido do incidente e até de que Juliana era irmã de Rafael. A felicidade de descobrir o mundo novo do mato, com seus bichos, suas árvores, suas frutas, era tanta, que a tristeza ficou para trás.

Agora já conhecia tudo quanto era planta da região. Um dia, levou Juliana para comer cambucá, uma fruta do tamanho da laranja, bem docinha, que dava numa árvore enorme de tronco grosso.

Às vezes iam pescar no mar. Então subiam nas pedras que existem nas margens laterais da baía, escolhiam um local onde as ondas não pudessem alcançar e ficavam esperando os paulistinhas e as garoupas virem beliscar.

Depois, voltavam para a cabana, catavam gravetos e acendiam um foguinho entre os tijolos para assar os peixes.

Juliana continuava com as manias dela. Não admitia ser contrariada. Tânia fingia que não ligava. A casa da amiga, os brinquedos, a facilidade de abrir geladeira e comer de tudo, faziam Tânia esquecer a raiva de ter de satisfazer as vontades da outra. Além do mais, era a única menina que brincava com ela. E que tinha defendido ela do próprio irmão, o temido Rafael.

Chegaram as férias de julho. E com elas, a tradicional festa do lugarejo, que atraía gente de toda a redondeza. Até gente de Santos comparecia.

Desde alguns anos, no entanto, a festa tinha perdido o vigor, porque grande parte dos habitantes da prainha tinha vendido seus terrenos para os veranistas. Agora só sobravam umas vinte famílias morando recuado da praia, algumas a mais de quatrocentos metros. Era gente já aposentada ou funcionários públicos, como Ana, a servente da escola municipal, seu Lucas, aposentado do DER, Nico, conservador de estradas, funcionário da Prefeitura, e seu João, pescador aposentado, vivendo do INSS.

Neste ano, o pessoal resolveu reagir e organizar uma verdadeira festa de Santana. Chamaram os festeiros, todos residindo pras bandas de Santos. Limparam e embelezaram a Capelinha, bolaram uma quermesse com comilâncias e leilão, e até convidaram o prefeito para participar.

A tarde foi chuvosa e fria, como uma verdadeira tarde de julho. Mas a partir das seis horas a chuva parou, o céu se abriu para um mundo de estrelas e a temperatura subiu.

Pedrinho passou pela casa de Tânia e chamou-a. Já era hora da reza. A Capelinha estava iluminada e cheia. Principalmente de mulheres. Os homens permaneciam perto da porta pra não entupir demais a salinha. As mulheres mais velhas, que ficavam na frente, perto do altar, puxavam a reza. Não tinha música. A melodia que entoavam soava monótona aos ouvidos de

Tânia, que ouvia pela primeira vez. De olhos bem abertos, prestava muita atenção.

Dona Jurema, lá na frente, cantava uma frase, e o coro respondia logo em seguida. Repetia a operação diversas vezes, mudando muito pouco. Daí saiu puxando a procissão. Seguiram todos pela ruazinha, em direção ao riacho. De lá rumaram para a praia e, ainda cantando e carregando a imagem de Santana (nos ombros de seu Lucas e seu Osvaldo), cruzaram a areia de ponta a ponta. E voltaram pra igrejinha.

Pedrinho tinha ficado na porta com o resto dos meninos. O som da reza chegava até eles. Mas, como não fosse novidade, logo se cansaram de ficar de pé olhando pra dentro, sem que nada acontecesse.

Antônio foi o primeiro a arrumar um rojão. Todos o rodearam, enquanto ele acendia o pavio e esticava o braço com o rojão em direção ao céu. Os outros o imitaram.

O barulho dos foguetes atraiu Tânia, que seguia a procissão. Seu José comprou-lhe algumas estrelinhas e alguns rojões, e Tânia entrou na folia.

Depois, Pedrinho convidou Tânia para ir até a barraca dos comes e bebes. Pedrinho tinha limpado o mato de alguns jardins na última semana e por isso tinha bastante dinheiro para gastar na festa.

Pediram um churrasquinho e uma empada de palmito para Juliana, que estava ajudando a servir. A cantoria tinha acabado e o pessoal se espalhara pela rua, revezando-se entre a barraca de comida, a barraca das argolas e a de tiro ao alvo.

— Fico mais meia hora aqui ajudando e depois vou ao leilão — avisou Juliana para a amiga.

— Ah, vai ter, é?

— Vai. E eu sei que tem uma boneca desse tamanhão, bonita que só vendo, que tem coração que bate fazendo tum-tum, que nem de gente grande. Meu pai disse que vai conseguir ela pra mim.

Tânia ficou pensando na boneca e com vontade de também ter. Quem sabe o pai dela fazia uns lances e conseguia.

— Pedrinho, quanto dinheiro você tem?

— Cem cruzeiros. Agora que já gastei trinta.

Tânia lembrou que ela tinha dez cruzeiros. Com mais os cem do menino ficavam cento e dez. Será que isso dava pra conseguir a boneca?

Besteira ficar pensando. Quem é que disse que o Pedrinho ia querer gastar todo o dinheiro que ele tinha numa boneca pra ela?

Saíram andando. Tinha um carrinho de sorvete encostado à Capelinha. Os dois escolheram um picolé de groselha, que acabou logo. Dona Matilde, que conversava com dona Márcia, mãe de Juliana, ali ao lado, ofereceu outro picolé para Tânia, que aceitou.

Engraçado que não tinha jeito de Tânia ir com a cara de dona Matilde. Mesmo ela sendo simpática e oferecendo picolé. Tinha qualquer coisa dentro dela que a fazia desgostar da voz, dos gestos, até do andar da patroa de sua mãe. Talvez a raiva calada que muitas vezes via na mãe, quando dona Matilde dava ordens ou repreendia, surgisse dentro dela desse jeito, como um mal-estar, toda vez que via a patroa.

De repente, começou a juntar gente em frente a um palanque construído perto da escola, que ficava ao lado da Capelinha. O prefeito tinha chegado, para surpresa dos moradores. Fazia anos que nenhum prefeito aparecia por ali. Veio com uma grande comitiva, mais de cinco carros lotados.

— Com as eleições aí, não tem prefeito que resista — Tânia escutou seu Nico comentando com seu pai.

Seu Lucas, que era uma espécie de líder do pessoal da praia, postado ao lado do prefeito, pediu silêncio.

Daí o prefeito falou:

— Congratulo-me com o povo do bairro de Santana por esta magnífica festa. É com imenso júbilo que assisto ao revivescimento da festa da vossa padroeira, essa belíssima festa a que venho assistir, hoje.

O prefeito falava pausadamente, embora gritasse e gesticulasse muito:

— Quero que saibam que a preservação das tradições é fundamental para a vida do homem.

— Que que ele falou, pai? — perguntou Tânia.

— Falou que é bom manter as festas que antigamente eram bem festejadas.

— Que nem festa de aniversário, pai?

— É, mais ou menos. Festa de aniversário de santo. Como a de hoje.

O prefeito ia adiante.

— Um homem sem raízes não se fixa.

— Que nem uma árvore, né, pai? — perguntou Tânia.

— Isso mesmo.

O prefeito:

— E para a luta que agora vamos travar e já estamos travando, é importante que ele se fixe, que ele alimente as suas raízes. Porque não se pode esquecer — e eu não quero que ninguém se esqueça — de que essa terra é do caiçara. E que o caiçara vem sendo expulso pela exploração imobiliária.

— Que que é isso, pai?

— Negócio de venda de terra. O caiçara vem sendo obrigado a vender suas terras.

— Obrigado por quê? Ninguém pode obrigar isso!

— É que as terras estão valendo muito e eles não têm documento algum. Então aparece sempre um espertinho que arruma documentação e vende a terra do caiçara. Daí dá a maior confusão.

O prefeito:

— Essa exploração, que põe cercas ao longo da praia e não deixa ninguém usar a praia — eu estou falando das várias praias deste município — e a praia fica sendo o privilégio de uns poucos! A praia é pública! A praia não tem dono! A natureza não tem dono!

Aplausos entusiasmados.

— E é nos unindo em torno das festas comuns, das festas tradicionais, que vamos poder lutar contra essa usurpação! Unidos, seremos mais fortes! Faremos frente aos que lançam mão de nossos direitos!

Tânia ouve seu Nico comentando para seu pai:

— Gozado, esse prefeito. Fala que estão expulsando os caiçaras. Mas ele também está ajudando! O imposto territorial subiu mais de dez vezes, do ano passado para cá! Quem é que aguenta?

O prefeito terminava:

— Espero contar com vocês nesta luta pelo que é nosso. Quero o apoio de todos vocês! Que a gente possa caminhar junto pela grandeza de nosso município, pela beleza e integridade de nossa natureza!

Foi muito aplaudido. Os meninos começaram a soltar rojões. O prefeito desceu sorridente do palanque e abraçou seu Lucas, seu Nico, seu José e dona Jurema. Depois foi tomar cerveja com empadinha, na barraca das comilâncias.

Foi a vez do leilão. Juliana, já livre do trabalho de servir, postou-se em frente a seu João, improvisado em leiloeiro. Logo, a mesa cheia de objetos foi cercada. Tinha garrafa de uísque, Martini, carrinho de plástico, tábua de pão, copos com o emblema do Corinthians, fogãozinho de plástico, bandeja com copinhos e pratinhos de cerâmica, uma lata de pêssegos em calda, uma infinidade de coisas, as mais variadas.

A boneca-coração, lindíssima no seu conjunto rosa, estava num lugar de destaque. Foi a última coisa a ser leiloada. Tânia, ao lado de Juliana, torcia para seu José participar do leilão. Afinal, postado atrás dela, até então não tinha disputado nada. Quem sabe se animaria com aquela boneca tão linda?

Começou com cinquenta cruzeiros de lance. Seu José gritou:

— Setenta!

Tânia sentiu o coração pular. O pai tinha entrado!

— Cem! — disse seu Nogueira, pai de Juliana.

— Cento e dez! — disse seu José.

— Cento e cinqüenta! — falou o pai de Juliana.

— Duzentos! — falou seu José.

— Trezentos! — disse seu Nogueira.

Silêncio.

Seu João repetiu:

— Trezentos cruzeiros por esta boneca maravilhosa que vale mais de setecentos!

Tânia olhou para o pai e viu que ele estava triste. Sentiu que ele não ia poder continuar. Ia perder a boneca. Pedrinho percebeu e cochichou pro seu José:

— Eu dou cem cruzeiros. Vê se o senhor põe um pouquinho mais e a gente passa a perna nele!

— Trezentos e vinte! — gritou seu José.

Mas não deu nem pra alegrar.

— Quinhentos! — berrou seu Nogueira.

Os três perceberam que a boneca estava perdida. Pelo menos para eles. E talvez até para seu Nogueira, que encontrou um concorrente no marido de dona Matilde, seu Carlos, que queria a boneca para a neta.

Os lances subiram rapidamente. O povo todo assistindo um pouco surpreso. No final, parecia que não era mais a boneca que estava em jogo, mas o prestígio dos lançadores. Mas seu Carlos desistiu antes, quando seu Nogueira gritou:

— Um mil e setecentos cruzeiros!

Juliana pulou de contente. A boneca-coração era dela! Mais que depressa, agarrou a caixa e saiu correndo. Tânia e Pedrinho atrás. Parou logo adiante, tirou a boneca da caixa e abraçou-a:

— Ah, como é linda, como é linda!

— Deixa eu segurar um pouquinho? — pediu Tânia.

— Ah, agora não. Eu vou guardar ela. Pode sujar a roupa — e saiu correndo pra casa, deixando os dois parados debaixo do poste.

Tânia ficou chateada com a atitude da amiga. Vontade de chorar. Parada ao lado de Pedrinho, viu cinco carros, em fila, subindo a ladeira em direção à estrada. O prefeito se despedia com largos gestos e muitos sorrisos. O pessoal, em duas fileiras ao longo da ruela, acenava de volta para ele.

Pedrinho e Tânia foram até a barraca das argolas. Havia um quadrado no centro, com dez pinos de pé, espalhados pelo quadrado. Mas o pino não era liso, tinha uma saliência da metade para baixo. E o jogo consistia em jogar as argolas e encaixá-las tão bem no pino que elas chegassem até a base. Havia muitos prêmios: maços de cigarros, bebidas alcoólicas, bonequinhas

de plástico, mas o mais cobiçado pelos meninos e meninas era uma caixa de mágicas. Quem acertasse no pino com o número 8, ganharia a caixa.

Antônio, Zezinho, Luísa, Sérgio, todo mundo se colocava no balcão, no lugar mais próximo do número 8. E um atrás do outro tentaram a sorte, comprando o direito de jogar cinco argolas. Mas era muito difícil. Às vezes encaixava no pino. Antônio e Zezinho tinham encaixado duas cada um. Mas descer até a base é que era difícil.

Pedrinho e Tânia tentaram também. Pedrinho encaixou no 6 e ganhou uma barra de chocolate. Juliana, que voltou logo depois de deixar a boneca em casa, estava com muita sorte: tirou uma caixa de bombons e um ioiô de madeira.

Chegou a vez de Tânia. Tentou três vezes. Na quarta, a argola bateu no pino 9, deu um pequeno salto, volteou e, sob os olhos assombrados da turma, escorregou pelo pino 8 abaixo, descendo até a base. Era uma proeza e tanto. Muita gente tinha tentado e a coisa já estava parecendo impossível. Por isso, chegaram até a bater palmas para Tânia, que, muito feliz, foi receber a caixa de mágicas.

Luísa, Marisa, Sérgio e Zezinho num canto olham para Tânia e cochicham entre si. Juliana se aproxima:

— Ah, é igual à que eu tenho. Mas meu irmão ganhou uma muito melhor!

Rafael, com cara de mofa, comenta para a irmã, falando alto para todos escutarem:

— Uma vez por ano até escravo tem vez!

Tânia pensa em fingir que não escutou. Mas volta atrás:

— Escravo por quê? Quem é escravo aqui?

— Você, ué! Filho de escravo o que que é, hein?

— E meu pai é escravo por quê?

— Teu pai é empregado. Tua mãe é empregada. Eles estão aí pra servir. Pra servir a gente. Pra fazer as coisas que a gente manda.

Tânia vê que Juliana está rindo. Está rindo dela. Ela apoia o irmão! Então ela pensa assim como o irmão?

A turma, ao lado, emudeceu. Ninguém tem vontade de rir. Ou fazer graça em cima dela. Porque isso significaria apoiar Rafael. E todos são filhos de caseiros ou jardineiros das casas dos veranistas. E subitamente se sentem mais próximos de Tânia do que do menino. Rafael olha para eles, esperando apoio. Mas eles abaixam os olhos.

Como ninguém se manifesta, Rafael volta a mexer com a menina:

— Vai, escrava, vai comemorar o teu dia de glória!

— Vou, sim — responde a menina se aproximando dele. E, enchendo a boca, descarrega uma cusparada bem no meio da cara de Rafael.

Rafael salta sobre ela. Tem o dobro do seu tamanho. Tânia cai no chão. Mas logo se levanta e lhe dá um chute violento na perna. Os dois se agarram e rolam no chão úmido. Pedrinho salta em cima do menino, procurando soltar a amiga. Os dois garotos agora rolam no chão, numa confusão de pernas e braços. Juliana tenta ajudar Rafael. A turma também entra na luta. Estão todos apoiando Pedrinho. O bolo de pernas e braços gira pelo terreiro. É tapa e pontapé por tudo quanto é lado.

É com dificuldade que os adultos conseguem apartar a briga. Está todo mundo de olho inchado, braço doendo, sujo.

Tânia correu para casa e se sentou no sofá, ofegante, o prêmio no colo. A vontade de chorar que guardou até agora, sai pelos olhos, parece que sai pelo corpo todo. Primeiro pela decepção que teve com Juliana. No fundo, ela era parecida com o irmão. Também se achava melhor, mais importante do que ela, Tânia. Sentiu uma tristeza imensa. Tristeza feita de desapontamento pela amiga que deixara de ser amiga. Uma tristeza feita daquela sensação de final de festa, quando as luzes vão sendo apagadas uma a uma e todos vão dormir. Soluçou alto. O corpo todo estremeceu. Com as palmas das mãos desviou algumas lágrimas que estavam pingando na boca.

Não queria mais ver Juliana. Não queria mais ter aquela amiga. Queria que ela e o irmão desaparecessem para sempre daquele lugar, fossem para São Paulo, não voltassem mais.

Sentiu-se, de repente, muito sozinha. Nem a lembrança da cabana cortava essa sensação. Ah, se a mãe chegasse e ela pudesse encostar a cabeça no seu colo e chorar. E contar tudo o que estava sentindo e pensando!

Mas a mãe... coitada da mãe. A mãe não entendia nada. A mãe era até capaz de dizer que ela tinha de pedir desculpas pro Rafael. E o pai iria ficar quieto, concordando.

De repente, sentiu que o pai e a mãe tinham uma porção de coisas erradas na cabeça. E que era muito tarde pra tentar mudá-los.

Olhou para suas mãos. Pretas. Pretas sobre a toalha branca da mesa. Achou muito bonita a pele escura e lisinha. Mexeu os dedos e sentiu-os ágeis, espertos para fazerem as coisas que ela queria. Daí se levantou e foi até o espelho. Examinou os olhos pequenos e negros de cílios grandes. Olhou o nariz, a boca, o cabelo todo solto da maria-chiquinha. Ficou um tempão se olhando, se olhando.

De repente, percebeu que tinha uma menina sorrindo para ela, com os dentes muito brancos e com um resto de lágrima na ponta do queixo. O sorriso ficou maior.

E pensou: puxa, como eu sou bonita!

E disse alto:

— Eu sou bonita! Como eu sou bonita!

A autora

Arquivo pessoal

Escrevi *Nó na garganta* há anos, época em que uma garota negra me inspirou a Tânia. Como toda história publicada, esta criou asas e percorreu os mais diferentes rincões, dialogou com meninas e meninos de cidades das quais nunca ouvi falar, foi lida e vivenciada de formas variadas.

Costumo receber cartas de meus leitores – cartas a que respondo uma a uma. Nó na garganta, dos meus 35 livros publicados, foi o que me valeu o maior número delas. Cartas lindas e sensíveis de garotos e garotas a quem o problema que o livro trata tocou de forma especial. Se, ao escrever este livro, eu já considerava fundamental a abordagem do preconceito racial na formação das novas gerações, depois das reações que a obra suscitou, fiquei convencida de que estamos muito longe de ser a democracia racial tão propalada pelos nossos otimistas.

Após 48 edições e reimpressões do livro, tendo ultrapassado em muito os 200 mil exemplares vendidos e sido traduzido para o holandês, a editora me ofereceu a oportunidade de mexer no texto e eventualmente recriar trechos e passagens. Muita coisa tinha mudado de lá para cá, desde a moeda (na época o *cruzeiro*) e a estrada de acesso até a tecnologia (introdução de telefone, televisão, Internet, etc.). Achei desnecessário promover qualquer atualização na história. À luz da reação dos leitores e em face do que se continua vivendo hoje no Brasil, estou certa de que a protagonista e as situações que ela vive continuam atuais, sofridamente atuais.

A menina que inspirou Tânia tornou-se mulher e talvez hoje seja mãe de outra Tânia. Talvez mãe e filha estejam na reduzida faixa dos que aprenderam a se defender da discriminação. Livros não são palanques, mas, se *Nó na garganta* puder continuar fortalecendo a autoestima de crianças, vou me sentir mais do que gratificada pela contribuição que estará dando para a construção de um país mais justo.

Mirna Pinsky

mirnasg@uol.com.br

Entrevista

Nó na garganta relata a história de uma menina negra e pobre que enfrenta com coragem o preconceito das pessoas. Nesta obra, a autora Mirna Pinsky aborda temas polêmicos como o preconceito racial, a solidariedade e a afirmação da própria identidade. Agora, vamos conhecer um pouco mais a autora desta obra tão marcante e envolvente.

A ESCOLHA DE UM TEMA PARA UM LIVRO É SEMPRE UMA EXPERIÊNCIA MUITO PESSOAL, SOBRETUDO QUANDO SE TRATA DE QUESTÕES TÃO DELICADAS COMO O PRECONCEITO RACIAL E SOCIAL, TEMAS EVIDENTES NO SEU LIVRO. COMO SURGIU A IDEIA DE ESCREVER ESSA HISTÓRIA?

• No final da década de 1970 assisti a um curso sobre estereótipos na literatura infantil. O curso chamava a atenção para vários tipos de discriminação (sexual, racial, étnica) presentes nos livros para crianças. Embora o Brasil não registre movimentos antissemitas, eu, como judia, sempre soube o que é "ser o outro": aqueles suaves indícios que me faziam "diferente", embora aceita. Essa experiência me ajudou a construir a personagem Tânia, menina negra cujos pais introjetam a discriminação.

VOCÊ PODERIA CONTAR PARA SEUS LEITORES COMO TEVE INÍCIO A SUA CARREIRA DE ESCRITORA E QUE OUTROS LIVROS VOCÊ JÁ ESCREVEU?

• Sempre gostei de escrever, desde a infância. Ainda criança (acho que tinha 10 anos), fiz uma pretensiosa tentativa de escrever um romance que chegou a ter cinquenta páginas (escritas a mão, claro). Na adolescência, escrevi muitos poemas. Com três colegas de faculdade, publiquei uma antologia. Quando minha filha mais velha fez 2 anos, comecei a escrever contos para ela. Meu primeiro livro infantil foi publicado em 1978; depois disso, nunca mais parei. Hoje, tenho 35 livros publicados.

A PERSONAGEM TÂNIA, PROTAGONISTA DE *NÓ NA GARGANTA*, DEPARA COM VÁRIAS SITUAÇÕES DE PRECONCEITO RACIAL E SOCIAL. VOCÊ JÁ SENTIU NA PELE ALGUMA FORMA DE DISCRIMINAÇÃO OU JÁ PRESENCIOU UMA SITUAÇÃO COMO ESSA? COMO VOCÊ SE SENTIU? QUAL FOI A SUA REAÇÃO?

● Embora não se alcancem níveis de *apartheid*, no Brasil não é muito difícil deparar com situações que denotam discriminação racial. E, se me enche de indignação qualquer manifestação de preconceito contra adultos, quando a vítima é criança eu fico ensandecida. Mas, em vez de reagir de forma puramente emocional – brigando –, achei que seria mais útil tentar fortalecer os potenciais alvos dos preconceitos. E escrevi uma história que procura alimentar a autoestima das crianças.

O QUE VOCÊ DIRIA PARA CRIANÇAS QUE, COMO TÂNIA, SOFREM OU JÁ SOFRERAM ALGUMA FORMA DE DISCRIMINAÇÃO?

● Eu diria o que penso ter dito no livro: que ela é tão boa e tão linda quanto todas as outras crianças e, se quiser ser vista assim, precisa começar gostando de ser o que é. Aceitar-se e gostar de si é o caminho para se defender contra as agressões preconceituosas.

NO DECORRER DA NARRATIVA DE *NÓ NA GARGANTA*, PERCEBE-SE CLARAMENTE QUE OS ADULTOS NÃO INTERFEREM NOS CONFLITOS VIVIDOS PELAS CRIANÇAS. POR QUE VOCÊ OPTOU POR ESSA FORMA DE CONDUÇÃO DOS FATOS?

● Este livro é destinado a crianças. Quanto mais próximo da criança a história for ambientada, mais envolvente e apta estará para conquistar a empatia dela. Eu queria que os medos, alegrias, tristezas, inseguranças, etc. de uma menina negra estivessem presentes para poder lidar com eles, explicá-los, e conduzir a construção da autoestima que o contexto desestimula em Tânia. Comecei a história na primeira pessoa, mas, lá pela página vinte, percebi que uma menina de 10, 12 anos não teria maturidade suficiente para entender racionalmente as coisas que se passaram com ela e, assim, poder expressá-las. Então optei pelo foco em terceira pessoa, utilizando a narração indireta livre: Tânia "se expressa" pela visão do narrador adulto.

UMA QUESTÃO MUITO DEBATIDA ATUALMENTE É A PROPOSTA DE RESERVA DE VAGAS NAS UNIVERSIDADES PARA ESTUDANTES NEGROS. O QUE VOCÊ ACHA DE MEDIDAS COMO ESSA?

• Acho discutível. Parece-me outra forma de discriminação. Mais justo, creio, seria garantir bom estudo para todos até o colegial, como reza a Constituição. Aí todo mundo teria chance de concorrer às vagas da universidade oficial em igualdade de condições.

EM SUA OPINIÃO, A ATIVIDADE DO ESCRITOR PODE CONTRIBUIR PARA A REDUÇÃO DO RACISMO NO BRASIL? COMO?

• Penso que a função social do escritor é menos pretensiosa: é, a partir de sua experiência, sensibilidade e boa convivência com a palavra, mostrar ângulos novos de vivências e realidades. Não muito mais do que isso: revelar. No caso de uma história de tonalidade realista como *Nó na garganta*, creio que a contribuição foi mostrar a personagem Tânia em processo, isto é, expor, por meio de fatos narrados, a mentalidade que ela herda dos pais e levá-la a percorrer situações constrangedoras que a fazem refletir sobre os valores que recebeu, reformulando-os. Penso que, se a história conseguir envolver as crianças, tanto brancas quanto negras, duas mudanças podem acontecer: eliminação de atitudes preconceituosas das primeiras contra as segundas, e adoção de uma atitude assertiva por parte das crianças negras. E, embora eu não tenha a ilusão e pretensão de que a literatura promova milagrosas transformações de contexto, o resultado poderá ser uma contribuição para mudança de mentalidade.